Cuando por fin te miré

Miré

La historia detrás de la historia

Dedicatoria

Para todos ustedes, los FANS. No podría nombrarlos uno por uno, porque sé que quedarían nombres fuera de esa lista por más larga que fuera, debido a la cantidad de afecto que hemos recibido, tanto anónimo como con nombre y apellido. Pero este libro es indudablemente para ustedes FANS, nuestros FANS, sus FANS, mis FANS, los Fanáticos en general, que son los máximos responsables de nuestras carreras y de nuestra historia de amor, ya que son ustedes los que nos hicieron regresar cada vez que estuvimos expuestos en aquel sum y nos enviaron tantas muestras de afecto que su energía fue nuestro sostén.

Son ustedes quienes nos escogieron, quienes nos cobijaron con su amor, su respeto, su paciencia, su fe en nosotros.

Son ustedes también quienes nos motivan a dar más, a ser mejores, a mejorar, a aportarle al mundo en general y a ustedes en particular, son una parte fundamental del motor que nos impulsa a querer mejorarnos, para ser mejores ejemplos.

Su fuerza y amor es el que nos guía, el que nos apoya, el que nos ayuda a librar cada batalla. Es vuestra luz la que combate la obscuridad del hate, del odio anónimo y cobarde.

Son ustedes nuestra coraza, nuestro escudo y espada, así como también lo mejor que podemos presumir que nuestra carrera nos ha dado. Gracias por vernos, por leernos, por escucharnos, por apoyarnos, por dejarnos entrar en sus vidas, por ser parte de sus cenas, de sus viajes al trabajo, de sus pláticas y guardarnos en sus pensamientos y corazones.

Gracias por presentarnos a sus familias, a sus amigos, y por permanecer a nuestro lado.

Gracias por incluirnos dentro de sus oraciones y desearnos el bien en cada saludo.

Gracias por apoyarnos a pesar de que debido a ello pudieron haber soportado malestares, injurias o insultos.

Gracias por ser lo más bonito que el universo pudo haber puesto en nuestro camino.

Gracias por comprender que nuestro tiempo y energías no son infinitos y debido a ello no siempre tenemos la posibilidad de poder responderles cada mensaje, cada comentario, cada saludo.

Perdón por no estar para ustedes en la forma en la que sabemos se merecen, pero no nos es posible devolverles de forma individual ese amor inconmensurable que nos dan.

Queremos que este libro, y esta dedicatoria en exclusiva a ustedes, los FANS, les hagan saber el lugar que ocupan y ocuparán en nuestra vida.

Gracias por ser FANS, seguidores, amigos, gracias por acompañarnos como nuestra familia.

DANI & NACHO

PREÁMBULO

Muchos creen saberlo todo sobre esta historia, esta historia tan pública, tan viral, tan a la vista de todos, que al haber nacido aparentemente antes los ojos de millones de personas, parecería que no hay mucho más que decir al respecto ¿verdad?

No son pocos los que se jactan de identificar problemas, incongruencias y desaciertos. La paja siempre es evidente en el ojo ajeno. Y los seres humanos siempre hemos sido proclives a juzgar a nuestro prójimo con liviandad.

También existen quienes a varios meses de haber terminado el reality show que, a los ojos de cientos de miles de personas nos consagró como pareja, (le pese a quien le pese, fuimos la última pareja en formarse en la casa, y la única integrada por finalistas) siguen jurando que toda nuestra relación ha sido, es y será una estrategia mediática.

Aunque de alguna manera nuestra relación, es cierto, es un show, eso es debido a que ambos disfrutamos de estar sobre un escenario o delante de una cámara, pero lo que no es ficción, lo que no es pantomima ni conveniencia, es nuestro amor.

Quienes nos hayan visto pasear por la ciudad de México, Miami, Madrid, o Paris como turistas tomados de la mano, o haciendo compras en un supermercado en fachas, bailando entre los pasillos de tiendas departamentales, tonteando de madrugada en una tienda de conveniencia, o quizás cruzando intrépidamente calles desiertas en busca de una cerveza y unas botanas para prolongar noches en las que nuevamente el único entretenimiento que necesitamos para combatir el insomnio era la compañía del otro, podrán decir que esto no es algo que hacemos para los demás, sino algo que nos nace cuando estamos juntos.

La nuestra es una historia de amor, de amor como tantas otras, ni más ni menos especial que el amor que tú, querido lector, querida lectora, habrás experimentado alguna vez en tu vida, o Dios mediante, estés experimentando ahora o experimentarás.

Lo que si la hace al menos especial, es que nació con cientos de miles de testigos, personas tanto de un bando, o cuarto, como del otro. Personas que tanto nos odiaron o amaron como individuos para luego amarnos u odiarnos, por haber ¿decidido? comenzar a tratarnos, a conocernos, besarnos y finalmente conformar una pareja.

La enorme mayoría creyó que esta relación era parte de una estrategia, y a la vez condenaron o alabaron dicha maniobra. Las mismas personas a quienes otras ¨estrategias¨ les parecieron adecuadas dentro del show, con mucha liviandad tildaron de traición o incoherencia a las dos personas, a mi entender, que más fielmente siguieron su juego dentro de la casa, que más férreamente defendieron en lo que creyeron, equivocados o no, y cuando la casa, literalmente se les cayó encima, debido a las expulsiones semanales, y la hipocresía de varios, decidieron darse la oportunidad de conocerse, misma oportunidad que tantos otros se dieron durante todo el juego, incluso, usando ese llevarse con todos para mentir, traicionar, elucubrar y jugar su juego, quizás sucio, quizás bajo, pero ¿todo se vale en el amor y en la guerra o no? Desde usar a los inocentes como escudo, o proyectar tus propios pecados en otros. Ya sea a través de la lástima, de un estandarte de fidelidad, de ideología de género, o como paladines de los desamparados, personas que hicieron todo lo reprobable que se podía hacer luego se convertían en jueces de lo correcto e incorrecto, mientras se iban llenando la boca de lo que los demás deberían o no hacer, aunque ellos fueran quienes lo hicieron primero. En un show donde la mentira y la difamación fueron una constante, y todo era válido, absolutamente todo, porque era un juego ¿verdad? Finalmente, cuando las luces se apagaron, y la puerta de salida se abrió para todos, aparecieron muchos jueces morales, queriendo dictar las líneas de conducta que los demás debieron o deberían seguir. Incluso personas con antecedentes criminales o con relaciones laborales con criminales convictos se dieron el lujo de dictar cátedras de moral. Claro, todo esto cuando están solos frente a una cámara, porque su valor, o más bien su cobardía solo llega hasta ese lugar, el de atacar por la espalda, y a traición. Cada cual fue mostrando de que estaba hecho, y solo unos pocos se llamaron a silencio.

Voy a aprovechar este momento para hacer mi descargo, y este descargo es solo para ustedes, quienes se tomaron la molestia de no juzgar un libro por su portada y se han aventurado a leer nuestra historia desde mi punto de vista, con las acotaciones de Dani.

Yo puedo decir con tranquilidad que, si bien dentro del show hice muchas cosas que, aunque las justifico por haber estado donde estaba, sabiendo lo que sabía, y en las circunstancias en las que me encontraba, hoy en día, haría lo que siempre he hecho, seguir adelante con mi vida, y no darles importancia, no hablar ni dar réplica. Por eso, salvo contestar lo estrictamente necesario a preguntas de periodistas que solo querían seguir avivando el chisme y distorsionando la verdad, no menciono a otras personas del show en mis redes sociales ni entrevistas, y evito mencionar a sus participantes tanto como me es humanamente posible.

Si, es cierto que critiqué, hablé a las espaldas y permanecí sentado oyendo y compartiendo mientras se criticaba, juzgaba y burlaba. Si, soy responsable de todo eso. Y tomo esta oportunidad para pedir una disculpa pública a quien corresponda.

Por otro lado, también, no fabulé, inventé historias, etiqueté con saña dolo y alevosía, llevando mentiras de un lado al otro para favorecer mi juego, ni insulté de manera repetida y sistemática a alguna persona más allá de juzgar las acciones que mis propis ojos vieron ya sea por acción propia u omisión de quienes soslayaban ese comportamiento.

También cuando se me preguntó de frente mi opinión sobre alguna persona, con gusto la di, mirando a los ojos y ventilando todo lo que mi corazón albergaba al respecto. Tomé cada oportunidad que tuve para hablar de frente, con argumentos, con las justificaciones y encantado de poder decirle a la cara a ciertas personas palabras que había estado diciendo a sus espaldas.

De más esta decir que quienes con cobardía siguieron queriendo jugar el juego de la falsedad e hipocresía, recibieron el mismo tratamiento de mi parte. Sus amenazas y falsos juramentos solo cimientan la baja calidad moral de quienes las lanzaron. Quien es tan cobarde como para calumniar y mentir para tratar de perjudicar a alguien o usar como estandarte lo que muchos consideramos sagrado solo para ganar dinero, ya tendrán suficiente castigo como para que yo les dedique más que estas líneas.

Y defender, sí, me defendí. Sí atacar con la misma fuerza e intensidad a quien me ataca es un acto que algunas personas quieran llamar abuso, están en su derecho. Yo lo llamo defenderse.

Pero incluso en el silencio, nuestra historia hacía demasiado ruido para muchos, que aún hoy siguen y siguen hablando y juzgando. Pero como nunca dijo Cervantes en su Quijote: *"Los perros ladran Sancho, es señal que cabalgamos"*

Volviendo al tema del amor, fruto quizás del insomnio, de las largas, larguísimas horas pasadas juntos en la madrugada, de la falta de otra actividad para entretenernos, o quizás del destino o la casualidad como dice la canción, mis ojos finalmente se posaron verdaderamente en los de Dani, y nació algo que nos lleva hasta donde estamos hoy, a varios meses de haber salido del show que nos ¨obligó¨ a conocernos y agradecidos con la vida de haber coincidido.

Yo estoy enormemente satisfecho con todo esto que sucedió cuando por fin te miré, Dani. Y quizás es cierto que no te escribo poesía, o entono canciones de amor, y mucho menos bailo enseñándote mi lado romántico. Quizás una de las pocas maneras en la que me siento capaz de decirte lo que significas en mi vida es esta, escribiéndote un libro, nuestro libro, que si bien es una forma de honrar a nuestros fans, seguidores y amigos, también es una forma de dejar constancia de lo que significas en mi vida, de lo mucho que aprendo de ti, y de mi deseo de permanecer juntos, tanto como logremos sumarle a la vida del otro, arrancarnos sonrisas, enamorarnos de manera cotidiana, apoyarnos y luchar lado a lado, algo que ya aprendimos por las malas que podemos hacer.

Habiendo visto lo peor de nosotros, ¿a que le podríamos tener miedo?

En este momento solo le tengo miedo a una vida sin ti. Porque me encanta ser quien puedo ser cuando estas a mi lado, porque confío plenamente en poder hacerte sonreír por décadas, y porque mis labios siempre van a buscar los tuyos.

Esta es la historia de una noche, meses después de haber abandonado ese show, de haber pasado por miles de golpes cobardes, siempre a espaldas y muchos anónimos, desde cuentas que solo se dedican al hate, después de haber sido acusado de traición, deslealtad, deshonestidad, y hasta de violación y homicidio, y quien sabe cuántas otras etiquetas apócrifas que muchos ignorantes se dan el gusto de repetir sin siquiera darse a la tarea de googlear, abrir un diccionario o investigar tantito. Pero como ya lo había dicho Mark Twain: *"Es más fácil engañar a una persona, que hacerle darse cuenta de que ha sido engañada"*.

No puedo estar más de acuerdo con el escritor, cuando lidio de manera cotidiana con personas que me esgrimen acusaciones e insultos que ni siquiera entienden, ni tienen forma de justificar, pero aun así siguen defendiendo a quienes aun mintiéndoles descaradamente lograron entretenerlos. ¡Que viva el show!

Y quienes quieran seguir siendo arriados, pues que disfruten su vida como ganado.

Pero esta no es una obra para ellos, esta es una historia para fans, para seguidores, para amigos, para quienes quieren leer nuestra historia, de la pluma de uno de los protagonistas, y con el consentimiento, supervisión, guía y afecto, y no sin algunas refutaciones de quien hoy me honra siendo mi pareja.

No sé cuánto dure nuestro amor, eso no puedo saberlo. Sé lo que siento, y la enorme voluntad que tengo de seguir trabajando en que mi mano no suelte la suya, y de que ella me siga haciendo sentir este guerrero implacable en el que me convierto cuando junto de su mano, llega la hora de los golpes.

Sin más, les dejo la historia de una noche que no ha pasado, pero que bien podría haberlo hecho, y que de alguna manera condensa a modo de comedia romántica, con sus toques de drama, lo que es una mirada íntima, en la vida de nuestra pareja, Nacho y Dani, Dani y Nacho, Nachiella, o como gusten decirnos.

Yo solo puedo comentar, tomando uno de los apodos con el que se me conoció dentro de esa casa, que me siento afortunado de ser el estratega que se enamoró de una reina.

Introducción

Voy a intentar explicar, para quienes no hayan visto el show, un poco de nuestra historia, al menos como yo recuerdo haberla vivido. Espero sepan disculpar las discrepancias entre mis recuerdos, y la realidad, pero como ya es sabido, toda historia es subjetiva a quien la narra.

¿Cómo lograría explicarle a alguien más como nació nuestro amor? Dicen que, si no logras explicar algo como para que lo entienda un niño de 6 años, entonces es que realmente no lo entiendes.

Soy el primero en aceptar que lógicamente no entiendo nuestra relación, pero también soy el primero en decir que me encanta. Que quizás tiene lo que nunca pedí, y a la vez lo que realmente necesitaba. Sé que la mayoría de ustedes conocerá nuestras vivencias incluso mejor que nosotros mismos, salvo por las famosas 50 horas que jamás nadie vio, pero digamos que quisieran poner en situación a alguien que es la primera vez que se topa con nosotros, ¿cómo la resumirían?

¿Quizás comenzando con quiénes somos? Pues, somos dos actores, Dani, nacida en Venezuela, viviendo en Miami y yo, Nacho, nacido en Argentina y viviendo en ciudad de México. Ambos con casi veinte años de carrera en el medio artístico.

Ingresamos en un reality show. Si, precisamente como el de gran hermano, de esos que estas encerrado en una casa con cámaras y micrófonos, pero con otro nombre. Al principio parecía que no iba a pasar nada, pero en menos de 24 horas, entre mentiras y verdades, complots y malas intenciones, los grupos comenzaron a separarse, a atacarse y a defenderse entre sí, y ella y yo quedamos en bandos opuestos. ¿Voy bien?

Quizás Dani argumente que yo fui el que comenzó esa división, pero ese no es mi punto de vista. Desde mi perspectiva me vi envuelto en una red de chismes malintencionados, tergiversando palabras y omitiendo comentarios que llevaron a que la enorme mayoría de los habitantes de esa casa estuvieran en mi contra, logrando el récord absoluto de puntos en una nominación. A partir de ahí, hice lo único que puede hacer, lo que creo que cualquiera haría: intentar sobrevivir.

No voy a aventurar quienes eran los buenos y quienes los malos *(aunque yo siempre juré ser un paladín de la justicia, solo para darme cuenta al salir que fui el peor de los villanos a los ojos de muchos)* pero la cuestión es que de una forma u otra ambos, a nuestra manera, nos vimos envueltos en ataques, defensas, en compañerismos y venganzas, entre los grupos de los que formábamos parte.

Durante 10 semanas de reclusión total, sin comunicación con el mundo exterior, con 60 cámaras grabándonos hasta en el baño y micrófonos oyendo hasta nuestros pedos, de los que debo confesar emané muchos más de los que el decoro y la buena educación dictan, nuestros aliados, y varios de nuestros enemigos fueron partiendo.

La casa se fue haciendo más pequeña y de 17 participantes originales, solo quedamos 7 para cuando ella y yo comenzamos a interactuar realmente.

Había mucho que decir, si pensamos que, a pesar de vivir recluidos en una casa, sin ningún tipo de distracción, entretenimiento o tarea, logramos evitar, no solo hablarnos sino prácticamente mirarnos durante 10 semanas hasta que finalmente quizás el insomnio, el aburrimiento, la salud mental o el destino llevó a que pasáramos tiempo juntos.

Decenas de horas tratando de explicar por qué cada uno de nosotros era el bueno y el otro el malo, defendiendo nuestros ataques, y a nuestros hermanos en armas, justificando nuestras acciones y ventilando todo lo que uno dijo del otro, nos enfrascó en continuas discusiones, ya sin la animosidad que nos teníamos, sino con verdadero interés en conocer el punto de vista del otro.

Pasadas un par de semanas de estas pláticas, y una actitud más amable de uno para con el otro finalmente pasó lo impensado, lo increíble, algo que nadie anticipó, adivinó o aventuró, llegó el perdón.

Ese perdón, ese dejar pasar el agua debajo del puente, y poner el pasado en su lugar nos permitió a cada uno, descubrir a un nuevo integrante del show. De repente dejamos de vernos como enemigos, y comenzamos a vernos como personas.

Nos permitimos ver al otro sin los prejuicios de nuestros bandos, divididos por cuartos. Azul, el mío. Morado, el de ella.

Dejamos de oír a nuestros *"hermanos"* en armas, y comenzamos a oír nuestros corazones.

Quiso el destino que nuestra amnesia selectiva, que el haber dejado el pasado detrás de nosotros, nos fuera acercando a ambos a un futuro juntos.

Poco a poco, comenzamos a buscarnos más. Para mi propia sorpresa debo admitir que ansiaba encontrarme en la noche con ella a solas. Recuerden que, en una de estas casas, la intimidad era un lujo que ni si quiera al bañarte o defecar podías darte.

Así que finalmente, con nuestras heridas comenzando a cicatrizar y con el pacto de dejar el pasado en el pasado, pero seguir igualmente nuestro juego, es decir, haciendo lo posible para expulsar de la casa a los del otro bando, nosotros incluidos, y jamás traicionar a los que considerábamos nuestros, nos hicimos primero amigos, y un viernes cualquiera, precisamente el último de julio, con un par de copas de valor liquido en forma de vino, nuestros cuerpos hicieron lo que nuestros espíritus venían tratando de hacer hacía tiempo, se juntaron.

Después de que nuestros labios se acercaran, ninguno de los dos quiso volver a alejarse del otro.

Acotación Dani, (A.D.) Él se me montó.

Capítulo 1

NUESTRA REALIDAD

HOY

Dani y yo aún no vivimos juntos. Confieso que es una de las muchas presiones de los fans, seguidores y amigos.

Así como también una presión personal, porque a ambos nos duele separarnos. Las despedidas, debo confesarlo, son bastante dolorosas, y cada vez duelen más. ¿Cómo te separas de alguien que te hace feliz? ¿qué le pone una sonrisa a tu rostro cada día? ¿cuyos brazos comienzas a llamar hogar?

¿Qué cómo puede ser que no vivamos juntos? ¿qué cuando nos vamos a casar, a tener hijos, etc.? ¿qué si no seguimos ciertos cánones entonces nuestra relación no es seria? ¿qué es puro show?

Bueno, a todas esas opiniones, a todo ese odio, y resentimiento anónimo o cobarde siempre desde la lejanía de una cuenta y jamás de frente, solo le respondemos con el silencio. Nuestro único compromiso es con nosotros mismos, y seguiremos juntos mientras sigamos haciéndonos sentir especiales el uno al otro.

Yo sé que me jacto de no ser normal, y verdaderamente tampoco creo que Dani sea una mujer promedio, pero tampoco para hablar de casarnos y vivir juntos a los cuatro o cinco meses de nuestro primer beso, desde ese día en el que finalmente pude decir: por fin te miré ¿no creen?

A veces la emoción nos hace quemar etapas, y son precisamente esas etapas las que encierran muchísimas cosas bellas, cosas que no se pueden vivir una vez que te las saltas. El irse descubriendo de a poco, adaptándose, la timidez, el pudor, las primeras veces de tantas cosas, el avanzar paso a paso, el permitirnos develar distintas versiones del otro y a su vez ser develados por él.

La verdad es que si por mi fuera retrasaría la idea de convivir todo lo posible. Muchos se espantarán con este pensamiento, pero es precisamente por lo mismo de las etapas que les estaba diciendo, una convivencia, si bien está repleta de cotidianidades muy bellas, también lleva a un acostumbramiento, a que se reducan drásticamente las oportunidades de extrañar a la otra persona, de verla desde otra perspectiva. Nos es fácil acostumbrarnos a esta cercanía y dejar de valorar o dar por sentado la maravilla de que una persona hasta hace un tiempo desconocida comience a ser tu familia por elección.

Además, surgen los problemas triviales de siempre, que lo queramos o no terminan desgastando cualquier relación, esos roces cotidianos. Como sabiamente versa el dicho popular, el problema de la convivencia sucede cuando compartimos el baño.

¿Y qué sucede si optamos por vivir lo suficientemente lejos como para no estar acostumbrados uno de otro, pero lo suficientemente cerca para estar siempre al alcance de la mano de quien amamos?

Los encuentros serían mucho más ansiados, esperados, preparados. No daríamos por hecho que cada cena, cada desayuno y cada comida será compartida, por ello mismo valoraríamos cada instante con esa persona, porque no tendríamos en claro que tan a menudo podríamos repetirlo.

A.D. Estoy de acuerdo en entender que vivir cada uno por su lado podría ser considerado la clave del éxito de la larga duración en una relación, de extrañarse, de sentir la emoción constante. Pero, ¿Es eso real? Ciertamente puede ser más cómodo, fácil, "irreal". Pero el amor no se construye en la comodidad. El amor enfrenta, asume, convive. El amor no es perfecto. El amor es superar individualmente esas convivencias. El amor le gana a la monotonía, al calzón tirado en el suelo. Eso es porque el amor, sí es amor de verdad le debe ganar a la convivencia ya que el amor con responsabilidad, VIVE.

Darnos la posibilidad de extrañarnos, nos da también la oportunidad de valorarnos. De saber que cada encuentro no es porque vivimos en el mismo lugar sino porque hacemos un esfuerzo en estar ahí para el otro, por el otro.

De la misma manera, queda un espacio abierto para la intimidad, la independencia, y para alejarnos a resolver conflictos ya sean personales o de pareja en el tiempo y forma que cada uno necesite, sin que la otra persona tenga que ser participante de nuestro silencio, de nuestras expresiones faciales, o la necesidad de pedir un tiempo para tramitar lo que sea que estemos pasando durante el tiempo que necesitemos estar a solas.

Una relación necesariamente es un acuerdo entre partes y no debería tratar de emular relaciones pasadas ni ajenas.

Creo que el amor es un constructo, y una relación es la suma del acuerdo de voluntades, de dos personas que no solo deben ocuparse de los sentimientos del otro, sino de unir además sus corazones, un mundo de pragmatismo, de trivialidades, así como también de idiosincrasias. Más tarde o más temprano estas ideas van a colisionar y hacer que en los momentos en los cuales el amor mengue, las diferencias puedan abrir brechas que no siempre encontraran al cariño, la paciencia y la tolerancia para ser cerradas.

Capítulo 2

Después del

Concierto

Esta noche, en la que llegamos a casa, bueno digo a casa, pero en realidad es la casa de Dani en Miami. De alguna manera me siento en casa ahí, así como siento que mi casa en ciudad de México también es nuestra casa.

Fuimos Dani, Ugui su hija, Carlota su madre, Mary Jenny y Cesar grandes amigos, y yo a un concierto de Marc Anthony.

Muchos de ustedes sabrán que no soy fan de los conciertos, o a decir verdad de ningún evento masivo. Para mí la ecuación es simple, a mayor cantidad de gente en un lugar, mayores mis ganas de quedarme en casa.

Me gusta estar con un grupo reducido de personas, porque en grupos grandes me resguardo en mi caparazón la mayoría de las veces. A lo que Dani, estoy seguro llamaría ¨Nacho siendo Nacho¨.

Es irónico que me gane la vida sobre un escenario o detrás de una cámara, ambos lugares repletos de personas, pero en estas situaciones laborales, tengo la habilidad, aprendida y trabajada, por cierto, de anular al público y concentrarme en la tarea en cuestión. Sé lo que estoy haciendo ahí, como hacerlo, y porqué lo hago.

Pero en un concierto, partido de fútbol, casamiento, o reunión con más de 6 personas, mi personalidad tiende a diluirse, a encogerse, y de alguna manera me abstraigo hasta tal punto dentro de mi mente, que me es del todo imposible sacar algo bueno de la situación.

Finalmente siento que estoy a solas conmigo en mi cabeza y todo el evento que sucede alrededor es solo ruido que tengo que anular. Es algo así como estudiar o leer un libro en el metro. Anulo el contexto y me centro en la tarea en cuestión. Cabe destacar que preparaba exámenes enteros de la universidad en el transporte público hace algunos ayeres.

Por eso, cuando estoy en grandes grupos o eventos, la tarea en cuestión es pensar y olvidar donde estoy y en ese caso ¿qué sentido tiene que este ahí?

Quizás eso mismo me convirtió en autodidacta. Y prefiero ver un video, o leer varios libros antes de ir a un seminario.

La verdad es que estaba en deuda con Dani, le debía la ida a varios conciertos, así que poco a poco he ido saldando esa deuda. Esta noche tocó ir a ver a Marc.

La mayoría de ustedes me imagino deben de saber que toda relación humana es una negociación. Y como dijo Chester karras: *¨En la vida como en los negocios uno no obtiene lo que merece, obtiene lo que negocia. ¨*

Dentro de nuestros acuerdos, luego del concierto tendríamos una velada romántica en casa, ya que aprovecharíamos para que la niña durmiera donde unos amigos y junto a su abuela Carlota para así disfrutar de un tiempo a solas como pareja.

Lograr entre ambos que pueda haber una relación íntima de pareja, cuando hay una relación de maternidad, relaciones laborales, sociales, y de tantos otros tipos en medio de nosotros ha sido, es y será un arte.

Poder encontrar a la mujer, a la amiga, a la socia y a la madre y poder dividirla entre nuestros compromisos, compartamentalizar y poder disfrutar con cada una la etapa que nos toca, es el difícil arte en el que se mueve nuestra relación.

Así que esta noche, tendría a mi novia para mí, de forma exclusiva. Todavía siento bonito al llamarla mi novia. Me refiero a que ese título no es algo que haya pronunciado muchas veces en mi vida, y me encanta usarlo ahora con ella.

Claro, un poco de egoísmo de mi parte era necesario para generar estos espacios, porque con los niños, todos los planes se ven interrumpidos por un sinfín de urgencias, todas entendibles, pero ahora ambos queríamos esta libertad de poder concentrarnos el uno en el otro.

Yo entiendo que es muy difícil para Dani, esto de equilibrar su vida como madre, novia y artista. Para mí también es difícil reclamarle algo al respecto porque siento que estaría pidiéndole que eligiera entre su hija y nuestra pareja y ese es un lugar en el que jamás la situaría.

Es una situación difícil para ambos, equilibrar las necesidades como mujer, como madre, como pareja, los altibajos emocionales típicos de nuestra profesión, más los hormonales por los que pasa una vez al mes, y además de eso, las necesidades de su hija, de su familia, las laborales y las mías, con mis altibajos emocionales y laborales y además del hecho de estar alejado de mi familia y tantas otras cosas que me hacen ser como soy, y eso sin contar mi tan escasa experiencia en platicar mis problemas ya que llevo una vida resolviéndolos por mi cuenta, ni en pareja, ni en familia, ni con amigos.

Y si, si tengo amigos, aunque muchos hayan dicho que no es cierto. Lo que sucede es que no les presento a mis amigos a personas que no valen la pena y solo alcanzan el estatus de conocidos.

He llevado lo de autodidacta también al autoanálisis, y la catarsis solitaria a través de la escritura y el entrenamiento.

Con todo este cocktail entre manos, tenemos muchas cosas que como pareja debemos tratar de resolver, unir nuestras individualidades para dejarlas a un lado y comenzar a funcionar como equipo. Y es precisamente por ello, que tratamos de generar estos momentos a solas, donde seamos nosotros dos quienes se reencuentren, como aquellas noches en vela, en aquel sofá, donde lo único que teníamos, era a nosotros, y tal vez a ustedes mirándonos.

Capítulo 3

En vivo

Era cerca de la una de la madrugada cuando terminé de estacionar la camioneta. Dani se fue directamente a la casa, mientras yo solicité un tiempo fuera.

Como toda pareja tenemos nuestros códigos, y un tiempo fuera, significa unos momentos a solas, sin preguntas ni protestas. Además, era lógico necesitarlo regresando del concierto. ¿No?

Así que mientras ella se fue al departamento, yo aproveché este espacio a solas, para dar una vuelta al lago artificial que adorna el frente de la casa, y así comenzar el proceso de desengentamiento. Realmente no creo que exista esa palabra, pero sin dudas ustedes podrán entenderme. Una especie de descompresión mental luego de haber estado en un lugar junto a miles de individuos.

La noche era verdaderamente maravillosa, debían hacer unos cero grados, puesto que no hacía ni frio ni calor *(perdón por el mal chiste, pero es el primero de muchos)*.

A esa hora, las luces se reflejaban en las escasas ondas del espejo de agua, y solo una suave brisa me acompañaba junto con mis pensamientos, que comenzaron a descomprimirse lentamente.

Resistí el impulso de revisar mi celular, y me dediqué a concentrarme en lo apacible del lugar en el que estaba. Los árboles, el pasto perfectamente cortado, las unidades de departamentos que custodiaban uno de los costados del lago, y una valla que separaba la otra parte de la próxima unidad de departamentos. También habían algunas bicicletas y juguetes de niños en los balcones, y un silencio acogedor.

Terminando la vuelta, vi en uno de los corredores un dibujo que Ugui había hecho días atrás en el piso para que jugáramos ambos. Era una especie de rayuela, ese juego infantil en el que uno debe brincar hacia unos cuadrantes con números con una o ambas piernas dependiendo la numeración. Ella, se había quedado dormida un par de horas atrás en el restaurante venezolano al que fuimos en Brickell, después del concierto. Los 30 minutos de viaje desde la Arena FTX hasta Doral no supusieron en lo absoluto un obstáculo a su sueño.

Finalmente pasamos a dejar a Mary Jenny y Cesar que nos habían acompañado y quienes se quedaron con Ugui y Carlota, para que durmieran con ellos.

Dani y yo intercambiamos pocas palabras en los 10 minutos que duró el trayecto en solitario hasta la casa.

La noche estaba realmente hermosa, muy despejada y una luna en cuarto menguante fue la única testigo de mi caminata nocturna.

El silencio, la paz del agua, y la ausencia de personas durante ese tiempo me sirvió de sobremanera para terminar de descomprimirme. Cuando te entregas a una actividad como caminar, y te permites meterte de lleno en ella sin pensar a donde estas yendo, ni preocupado por lo que ha sucedido ni lo que sucederá, y te permites solo habitar ese tiempo, ocuparte del camino, saborear cada uno de tus pasos, y concentrarte en tu respiración, tu próximo paso y el camino que tienes delante, sucede la magia de habitar el ahora.

Estos tiempos fuera, eran unos de nuestros tantos acuerdos. Ella es mucho más práctica, yo necesito estos momentos a solas, ya sea en el gym, saliendo a caminar, o sentado en el césped leyendo. Ella me lo entendía y tenía la paciencia para dármelo.

Creo que de alguna manera en muy poco tiempo habíamos aprendido a leernos los rostros. Quizás un vestigio de la época en la que éramos enemigos, aunque a decir verdad difícilmente recuerdo haberle visto el rostro durante ese tiempo, pero aun así, sus tonos de voz me eran claros como el idioma español.

Eran cerca de la una treinta de la mañana cuando ingresé al apartamento. La puerta de entrada da a la cocina y sala, coronada por una puerta de vidrio con vista al lago, y un sofá extremadanamente cómodo junto a esa puerta, que te permite tanto ver hacia el lago, como disfrutar de una peli en la sala.

La cocina de Dani, es como una sala de operaciones. Espacios amplios caracterizados por la ausencia completa y a rajatabla de electrodomésticos. Digo la cocina de Dani, ya que en Miami ella es la chef oficial. Yo solo me encargo de la comida en México, aunque también ahí tengo más ayuda de la que me gustaría admitir, pero al Cesar lo que es del Cesar y a Trini, que es quien me ayuda con las labores domésticas, lo que es de Trini, en este caso la voluntad de alimentarnos cuando estamos en tierras aztecas.

La mesada de mármol solo estaba adornada con dos cerezas gigantes de cerámica y nada más perturbaba la armonía del espacio.

A la izquierda de la cocina-sala, estaba la habitación de Ugui con su baño, y a la derecha, nuestra habitación con el baño y vestidor.

Simple, acogedora y un verdadero palacio, de pequeñas proporciones, pero con toda la calidez de lo que verdaderamente hace un hogar.

Al momento de entrar, vi a Dani colocando un tripié con un aro de luz mientras se sentaba cómodamente en el sofá. Estaba vestida con su uniforme oficial para conciertos, jeans azules, playera y tenis blancos.

Todos estábamos vestidos así, M.J. Cesar, Carlota, Ugui y yo ya que ese es el uniforma oficial para todos. Todas nuestras playeras tenían la inscripción: *"La gente feliz no J*de"*

No es que esperara a Dani vestida de gatúbela para recibirme, pero ciertamente en el medio de un live tampoco era la forma en la que me imaginaba comenzar nuestro momento de intimidad.

Además, yo tenía muy claro que para ambos había sido un día largo, y estos momentos donde la energía aún estaba alta era los ideales para...bueno creo que saben para que, o por si no se lo imaginan, pues se los comento: para hacer chuchu, el delicioso.

Mientras ingresaba en el departamento, iba haciéndome a la idea que seguiría teniendo que compartir a Dani, y no es que me moleste hacerlo, pero si confieso que soy una de esas personas que se frustra con relativa rapidez cuando las cosas no salen como las espero.

Así que fui a servirme un vaso de agua, para ganar algo de tiempo y que mi rostro no denotara inmediatamente mi sentir.

Dani ya acomodada en el sofá, prosiguió con su interacción virtual con la audiencia, con la cordialidad e intoxicante energía que la caracteriza.

A.D. siento que, con eso de la intoxicante energía, me está llamando toxica, ¿puede ser?

- Y ya estamos llegando a la casa, fue un concierto increíble. Gracias Marc. Fue un gusto subir al escenario contigo y bachatear rico. Lo bueno es que mi cosito no se pone celoso, y me dejó en buenas manos, ¿verdad bebito fiu fiu? - dijo ella.

A.D. Queda claro que no es fan de Marc, ya que no canta bachata, sino salsa, pero bueno. Imagino que para él ambas suenan igual.

Sinceramente hay muchas cosas que de alguna manera me dan una sensación de escalofríos mezclado con una pequeña dosis de impresión, a lo que vulgarmente suelo referirme como: cosa. Bebito fiu, fiu es una de esas. Ya que ante mi sorpresa alguien se dio a la tarea de transformar en una canción infantil, la música y ritmo de una icónica colaboración entre Eminen y Dido.

Pero, es parte de la convivencia, sacar un poco al otro de su zona de confort y ver que sucede. En realidad, no es que me moleste, pero si prefiero que ella se refiera a mí de otra manera más masculina, como su macho, su hombre y otros adjetivos calificativos más viriles.

A.D. Y sin embargo es él el que utiliza demasiado a menudo pronombres como bebé y hermosa.

Tomando como única respuesta mi expresión facial, Dani, prosiguió. - Bueno ahora que ya estamos aquí tranquilos en casa, voy a contestar algunas preguntas antes de desconectarnos porque hoy es noche de chuchu. Ya movimos las caderas en forma vertical, ahora toca moverlas en el horizontal. Así que les sugiero que se cambien de este live al only fans que abrimos, para ver la trasnoche, pero antes de cortar, algunas preguntas de ustedes. -

Mientras Dani, leía muy a gusto varias de las preguntas que sin tapujos venían desde el celular, sentí que era mi momento para darme una ducha, limpiar un poco el sudor después de las varias horas de concierto, porque, aunque no lo crean bailé. Bueno, ya sé, eso sonó a mucho ¿verdad? Pues digamos que me moví energéticamente al ritmo de lo que yo particularmente creía que era el ritmo, mientras mi tren superior e inferior hacían su propia interpretación de los sonidos haciendo otro tanto. Es decir, "Nacho siendo Nacho". Ahora mejor, ¿cierto?

Mientras me preparaba para meterme en la regadera pude escuchar a Dani, y si, ya sé, uno con eso del show quedó con la modalidad chismoso activada. Y aun con la puerta entreabierta alcancé a oír algo.

- Bueno, no sé dónde se metió mi cosito, pero ustedes saben cómo es él, bastante esfuerzo hizo en ir al concierto, pasarse horas en el tráfico, buscar lugar para estacionar, buscar nuestros asientos, llevar a Ugui sobre los hombros en todas las canciones de Marc, que dicho sea de paso solo se sabía una, ¨No me ames¨ esa si la cantó con emoción y pasión, el resto parecía que estaba tomando una clase de mandarín, bueno de chino. Estas cosas que a una se le pegan de andar con el nachiviris. Sigue sonando raro que yo diga nachiviris, ¿no? Mi amigo Cesar, el esposo de Mary Jenny, me confesó que cuando escuchó la primera vez que yo dije nachiviris en la casa él dijo: esta se lo va a comer. Y tenía razón, me lo comí. La cuestión es que mi hombre hizo el esfuerzo, y eso que apenas le faltan tres conciertos más para que apenas estemos a mano, y él que me quería cobrar los de la casa. En fin, a ver dónde se habrá metido, lo vi entrar, me distraje un momento con ustedes y desapareció. Igual, los hombres son como los perros, siempre vuelven a donde les dan de comer. Y mi cosito está muy bien atendido. Es un poco irónico que no le guste eso de andar de noche por la calle solo. Nació en Buenos Aires, vive en ciudad de México y le da miedo Miami. Quizás porque la otra noche que estaba en casa, tocaron la puerta con firmeza y él fue con actitud de machote a preguntar, Who is it? Debe ser el único latino en Miami que se quiere hacer el que habla inglés, bueno, les traduzco, ¿quién es?, y del otro lado dicen: Police! Hasta ahí le llegó lo machote, de pronto su cara parecía la de un indocumentado perseguido por la migra, pero bueno, infló el pecho y él solito enfrentó a las fuerzas de la ley, yo estaba detrás de él, teléfono en mano para hacer un live si la cosa se ponía candente, pero al final fue solo un malentendido, pedos de vecinos, por una vez los del pedo no fuimos nosotros. La verdad que sí lo tengo que perdonar porque se portó muy bien hoy. ¡Ustedes saben cómo son los hombres, uno los tiene que ir domesticando para que nos salgan buenos! Ni hablar de las clases de baile, yo sé que él tiene su ritmo, bueno, es más, él tiene mucho más que un ritmo, tiene como 5 ritmos diferentes, uno para cada parte del cuerpo y la cadera. O sea, tiene un talento especial para no coordinar su cuerpo con la música. Yo creo que ni a propósito alguien puede desentonar tanto como mi cosito. Pues, hablando de ritmo, hay algo que me preguntan siempre que lo ven bailar, por esa frase que dice que los hombres que bailan mal son malos en el chuchu, la verdad que ahí sí que no hay quejas. Yo no sé cómo le hace, pero ahí sí que coordina. No sé de dónde saca el tempo, el flow, la cadencia, o no sé qué, pero ahí sí que mueve lo que tiene que mover, como lo tiene que mover, hasta que ya no es necesario que mueva nada. Pues, tampoco es que yo le deje hacer todo el trabajo a él. El mata hormigas mata otras cosas, no solo hormigas, pues. Pero basta de hablar de chuchu, porque sino al rato los que se conecten desde el only fans, no van a tener novedades que ver, aunque hoy, mi cosito me dijo que me tenía una sorpresa especial post concierto, vamos a ver que se trae entre manos este argentinito – concluyó Dani.

Aproveché para meterme sutilmente en la ducha, para que no descubriera que andaba en modalidad espía. Yo sé que es una forma de hablar, de bromear, y la verdad es que bromeamos mucho entre nosotros. Pero siempre estoy con la tranquilidad de que cualquier cosa que pueda decir a mis espaldas, ya me las ha dicho mil veces en la cara. Estaba seguro de que la ducha rápida, me otorgaría nuevas energías y además le daría tiempo a Dani de ir concluyendo el live.

Me exfolié el cuerpo con una loción corporal especial sabor a melocotón que me compró ella, me lavé la cabeza con champú y acondicionador, o sea, el paquete completo y por supuesto me lavé esos lugares donde nunca da el sol con especial esmero, ya que, a fin de cuentas, era noche de chuchu. Salí de la ducha, me terminé de acicalar, me puse mi mejor ropa interior, es decir la primera que encontré, me perfumé como si la vida se me fuera en echarme no menos de 15 atomizaciones de esa fragancia que le gusta a Dani, así como Tornicasio me enseñó, aunque para mi todas huelen igual. Además, después de menos de un minuto uno ya no las siente, entonces ¿cuál es el sentido de gastarte cien dólares en un agua de aroma que solo vas a poder oler unos instantes? La verdad que no lo sé, pero ahí andaba yo todo perfumadito, en calzones y listo para salir de la habitación rumbo a la sala, para que pase lo que tenía que pasar. Así como un espartano que sale al campo de batalla.

Entonces entré en la sala al grito de - Au, Au, Au- sé que todos ustedes repitieron ese sonido como corresponde en sus cabezas, hasta apuesto a que varios de ustedes tienen el sticker mío saliendo del sum haciéndolo. Me imagino que no hace falta explicar más, pero para quienes no tenga la idea completa, les recomiendo que vean 300, la película que protagoniza Gerard Buttler, sobre la batalla de las Termópilas. Ya con ese canto de guerra lanzado esperaba que mi doncella sucumbiera a mis excitantes encantos.

Para mi sorpresa Dani respondió - me caga cuando haces eso, me trae malos recuerdos. -

Yo sin perder mi tono seductor repliqué - perdón mi amor, ¿cómo está mi chiquita? -

-No sé, míratela. – atacó ella a quema ropas.

- Mi vida, sigues con el live y me dices esas cosas, la gente va a pensar que de verdad la tengo chiquita. – Le dije al darme cuenta de que aún seguía con la transmisión en vivo, mientras iba por la bata de Dani, para taparme por si decidía voltear la cámara en mi dirección.

Igualmente, mi imagen no había mejorado mucho, la bata dejaba al descubierto mis peludas piernas y parecía como un vestido corto, ya que apenas si lograba tapar mis calzones repletos de dibujos de brócolis.

- Tampoco traes un gato muerto entre las patas – siguió Dani mirando al teléfono y deteniéndose a leer los comentarios.

- Bueno, si vamos a hablar de esas cosas, el otro día cuando lo intentamos por el asterisco no opinabas igual del tamaño - ataqué frontalmente.

Ustedes ya saben, a veces la mejor defensa es el ataque. Además, me quedaba claro que intentar cambiar de tema no surtiría efecto, así que mejor a reírnos de la situación y atacar duro.

Dani tiene un carácter fuerte, y aunque es muy dulce y cariñosa, también valora que uno le plante cara y defienda su posición.

La estrategia pareció haber surtido efecto ya que se quedó callada y siguió leyendo los comentarios.

Antes de que ella pudiera pensar en una réplica continué - perdón la demora, me fui a dar una vuelta por el lago, y ahora sí, ya estoy super, archi, mega listo, perfumado y todo para nuestra velada romántica. Ya soy todo tuyo, amor. – Ella prosiguió leyendo los comentarios, y ante su impasividad agregué - ¿vas a seguir mucho tiempo más con el en vivo? pensé que ya nos tocaba tener un ratito para nosotros solos ¿no? –

- Pues mientras te esperaba me quedé hablando con la gente, y me hicieron unas preguntas bien interesantes, además te dejé super bien parado, dije que eras muy bueno en el chuchu – dijo Dani con picardía.

 - Mi vida no creo que a las personas les interese que tan bueno o no soy en el chuchu. Además, si me escucharon cantar esta noche y doy por sentado de que me han visto bailar por ahí, aunque sea en stickers de whats app, ya no hay mucho que puedas hacer para salvar mi reputación – expresé con honestidad.

- ¿Por qué? ¿son las primeras seis letras de esa palabra? - golpeó haciendo referencia a la canción de Arjona.

No me quedó más que correr a abrazarla y plantarle un tierno, pero efusivo beso en los labios. Ya la extrañaba, tenía horas sin besarla, debido al concierto y por estar todo el día delante de Ugui, con la cual somos muy precavido con nuestras muestras de afecto en su presencia, así que este era el primer beso que le daba desde la mañana.

Confieso que con los recostones de cebolleta, es decir con apretar mis genitales contra sus glúteos, por si alguno de ustedes necesitaba una explicación sobre lo que significa el recostón de cebolleta, no soy tan medido, ya que encuentro siempre alguna excusa para disimular el acto con alguna excusa casual, como aproximarme por detrás para buscar algo en alguna gaveta.

Al separar mis labios de los suyos, dije - estás muy graciosa hoy, vamos a ver si sigues así de valiente ahora que se apague la cámara – Intenté tomar el celular, pero ella se me anticipo.

- ¿De verdad crees que te tengo miedo? - exclamó desafiante mientras ajustaba nuevamente el tripié con el aro de luz para que ahora nos enfocara a los dos sentados en el sofá, yo con mis piernas cruzadas, para evitar quedar más expuesto con ese atuendo que traía. Ella continuó - Pero ni un poquito, y pues ya sabes que cuando te agrandas y me quieres hacer quedar mal, nomás me pongo alguno de esos trajecitos sexys que tanto te gustan y ahí se acaba todo el show, bueno, acabas tú, pues. Yo me tengo que terminar arreglando solita. -

Mirando a la cámara que seguía grabando mientras los comentarios de las personas aun conectadas a esta hora del sábado iban en aumento, alcancé a pronunciar - bueno, creo que demasiada información para la gente. Me parece que con tres horas de live el día de hoy ya son suficientes, ¿no? ya todos saben que tan bien la pasamos. ¿Qué te parece si mejor nos despedimos y nos quedamos un rato de verdad a solas? – concluí a la vez que me acerqué a ella, le corrí su cabello hacia atrás, y comencé a besarle el cuello, despacio, suavemente, primero con los labios, luego ejerciendo muy poca succión con la boca, y finalmente mordisqueándola hasta hacer que sus poros se erizaron.

Dani fue sucumbiendo a la delicia de sentir la humedad de mi lengua en su cuello, mientras mis manos poco a poco iban avanzando desde sus caderas al contorno de sus senos, abriéndose paso por su cuerpo oprimiéndolo cada vez más contra el mío. De repente, se frenó de golpe y dijo mirando a la cámara. - ¡Esta vaina se acabó, pues! ¡Los queremos! ¡Pero cerramos el live! ¡Los esperamos en el only fans! -

Capítulo 4

Trapitos al Sol

Dani cortó la transmisión y apagó el teléfono. Sin mediar palabra, la jalé del cabello mientras la forzaba suavemente a darse vuelta para así proceder a introducir mi lengua en su boca de forma abrupta.

Así, de golpe y sin preguntarlo, mi lengua ya estaba jugando con la suya. Apreté todo mi cuerpo contra el de ella para sentir la delicia de sus senos contra mi pecho, de pronto bajé mi mano para dirigirla a su feminidad, momento en el cual ella me detuvo.

- Amor, mejor guardamos tus cartuchos para el only fans que nos toca al rato ¿sí? - dijo dulcemente desprendiéndose de mis manos que comenzaban a ponerse impacientes sobre su cuerpo.

- Bebé - exclamé casi en una súplica por proseguir las actividades que ya habíamos iniciado - ¿de verdad crees que no tengo cartuchos de sobra para ahora y para el rato? -

- Dos cosas - dijo Dani secamente - primero yo no creo, sé, que no tienes más que un cartucho por noche. Segundo si me vuelves a decir bebé ese cartucho te lo vas a gastar solo en el baño - concluyó sin un atisbo de comicidad en sus palabras.

Si hay algo que he aprendido en el poco tiempo que llevo con Dani es a tratar de entender cuándo está bromeando y cuándo no.

En realidad, no es mérito mío, sino más bien un instinto básico producto de la necesidad de supervivencia. Desde que el hombre es hombre ha debido adquirir la capacidad para diferenciar cuando su mujer bromea y cuando no. De no ser así, habría muchísimos menos nacimientos en el mundo, o ya estaríamos prácticamente extintos.

Debo admitir que estaba comenzando a perder un poco la compostura y aunque mi tono era calmado, estoy seguro de que mi rostro dejaba traslucir mi frustración, a lo que pregunté - ¿toda nuestra relación va a ser a ventanas abiertas? O sea, sí, claro me encanta que la gente esté ahí, que nos vean, y compartirles esto que pasa aquí dentro, ¿pero ya no estamos en la casa sabes? A veces siento que la echas de menos. -

A la defensiva, replicó - ¿De qué estás hablando? -

- Mi amor - dije, tratando de sonar lo más dulce posible - a veces no siento que sea necesario que tengamos una cámara en frente de la cara a cada rato, hay cosas que quiero compartir contigo y la verdad que me gustaría que sean privadas. Entiendo perfecto que nuestra relación nació online, que muchas personas nos vieron odiarnos, perdonarnos y después amarnos. Pero también eso les da pie a que opinen absolutamente de todo. De cuantas veces te menciono en mis historias, de qué manera lo hago, con qué frecuencia o qué con intensidad. De a dónde te llevo a comer, de qué detalles tengo o no contigo. De qué forma tú te expresas de mí, o si alguien que ellos consideran mis amigos habla de ti de tal o cual forma que hago o dejo de hacer yo al respecto. Pareciera que todo el mundo tiene derecho a opinar de nosotros, sobre ¿cuánto vamos a durar? ¿qué tan real es nuestra relación, nuestro amor? ¿qué significan nuestros anillos? o ¿cómo te pedí que fueras mi novia? ¿cada cuánto lo hacemos y como lo hacemos? ¿qué tanto duro, o que tan poco? De alguna manera me siento responsable de abrir esta puerta y ahora creo que ninguno de los dos sabe cómo cerrar. Todo mundo pareciera creerse con el derecho de decirnos como amarnos. Y a mí lo único que me importa es como me hagas sentir tú, y como te hago sentir a ti. Me importa el nosotros, pero no sé realmente cuantos somos nosotros. A ver Dani, ¿cuántos somos? Entre los corazones azules, las nachifans, arepitas, fannavarro, movimiento navarro, rincón literario de nacho casano, ejercito nacho casano, las nachielas de Usa, México, Argentina y Venezuela, las brocolinas, el batallón navarro, nachiela army, Dani forever y las nachas de nacho ¿cuántas personas hay en nuestra relación? - finalicé sin dejarla de ver a los ojos, midiendo cada palabra para tratar de llevar esta conversación en un tono no combativo, que ni de cerca se acercara a algo que pudiera considerarse como un comportamiento pasivo agresivo.

A veces es extremadamente difícil tocar estos temas sin que cada uno se pongo a la defensiva y tome las opiniones del otro como ataques.

Lo que más quiero es avanzar, en mi relación y como persona, resolver, alivianar la carga de ambos y hacernos bien el uno al otro. Y para eso a veces hay que limpiar estos trapos sucios, estas molestias dentro del trato diario, pero ¿cómo abordar estos temas sin pisar callos, sin generar reacciones combativas? La verdad que no lo sé. La única forma que se me ocurre es hablando, dejándole saber a la otra persona como nos hacen sentir sus acciones u omisiones, sus palabras o silencios. No hay forma de conocer al otro si no nos abrimos nosotros primero. No dando por sentado, no suponiendo, sin victimizarnos por las acciones del otro, pero si exponiendo como nos hacen sentir.

Tenemos todo el derecho del mundo de decirle al otro como nos sentimos, y como interpretamos sus acciones u omisiones, dejando siempre en claro que es nuestra percepción, no la realidad, ya que siempre hay tres verdades para cada verdad: la versión de uno, la del otro y la verdad. Siempre vamos a ser el villano en la historia mal contada de alguien más

A veces nos sentimos tentados a sacar a colación antiguas ofensas, a reclamar que nos sentimos así por lo desequilibrada que está nuestra relación en función de atenciones, acciones, o faltas de ellas. En como uno de nosotros hace mucho en un área mientras que el otro pareciera no hacer suficiente o no valora todas esas acciones. Esto genera que la otra persona comience a sacar a relucir todo lo que sí hace en contraposición y como eso al parecer no es valorado. Y no falta ocasión en la que se busquen testigo o cómplices que nos den la razón a unos u otros sobre como la causa propia es la justa a todas luces y hasta nos indigna que no sea obvia la injustica a la que creemos estamos siendo sometidos.

Estas idas y vueltas semejan a dos competidores poniendo piedras en una de esas básculas antiguas, como la que sostiene la justicia, tratando de que el fiel se incline hacia su lado. Pero lo más probable en este tipo de batallas, es que tarde o temprano sea la propia báscula la que se rompa antes de que un bando pueda proclamarse como ganador.

Dani me escuchó con mucha atención, se levantó del sofá y fue por un vaso de agua, a la vez que me sirvió uno a mi sin siquiera preguntarme.

Ambos tratábamos de motivarnos a beber más agua, ya que era un desafío incorporar la suficiente cantidad del vital líquido, a la vez que nos ayudaba a calmar antojos nocturnos que solían desbaratar nuestros planes de mantenernos en línea.

Ambos bebimos con calma, hasta que ella rompió el silencio - mi vida, en nuestra relación somos tu y yo. A mí nadie me llena la cabeza con nada. A mí lo que la gente opina no me afecta. La gente feliz no jode. A mí lo único que me duele es que te afecte a ti. Yo estoy aquí contigo y para ti. Y que compartamos nuestro amor, no tiene nada que ver, con que las opiniones de los demás lleven las riendas de lo que sentimos. Son dos cosas distintas, y me parece que te estás haciendo bolas con todo eso. Yo estoy al 100% para ti, y no dejo que nadie se meta en nuestra cama, pero parece que tu sí. ¿No crees que es algo que tú tienes que comenzar a resolver? – concluyó con un tono parsimonioso sin alterarse en ningún momento.

¿Había un toque de condescendencia es su intención? Opté por creer que no, y que era más bien una forma de ayudarme a sortear los obstáculos de la comunicación de pareja en los que tantas veces solía tropezar.

Apuré mi vaso de agua hasta el final, más me valía tomarlo aun sin sed para ya quitarme el deber de ingerir de una vez.

- Puede ser – comencé - puede ser que quizás no tenga ganas de tener que compartirte siempre con una cámara, o de ir a un concierto, quizás a mí no me hace falta que te arregles, vistas de forma especial, maquilles o ni siquiera que te depiles. La verdad que me vale todo eso. Lo único que no me vale, es tener tan poca intimidad contigo. No me lo tomes a mal, pero entre tu hija, tu mamá, kiko, tus amigas, los conciertos, las menciones de patrocinadores, el reto, los lives para suscriptores, los lives comunes, las presentaciones en meet & greet´s, las reuniones de trabajo, castings, entrenamientos compartidos, selfies, y demás ¿cuánto tiempo de verdad queda para nosotros? ¿cuánto tiempo queda para que te meta la lengua en la boca, sin que tengas que taparlo por si luego lo ve Ugui en algún video? Y obvio no te reclamo que estés con tu familia, porque la familia siempre va a estar primero, y tu hija más que primero. Pero a veces quiero ser egoísta, muy egoísta y tenerte solo para mí. Creo que ya les hemos dado bastante y está bien que les demos mucho, pero no todo. ¿O estoy loco por quererte más tiempo para mí? - dije tratando de buscar algún indicio en su mirada sobre su línea de pensamiento, pero no encontré ninguno.

Me miró con cierta compasión, o al menos así interpreté yo su mirada y agregó evidentemente para alivianar la tensión que se estaba generando en la discusión - loco estás – aseveró con su hermosa sonrisa - así te encontré. Y más loco te vas a poner cuando veas el trajecito sexy que voy a usar al rato, y además compré unos juguetes para… -

- Perdón, pero ¿escuchaste acaso alguna palabra de todo lo que te acabo de decir? – interrumpí con algo de impaciencia. Estos no eran temas que me gustara abordar. Como dije, no vivíamos en el mismo país, así que el tiempo que pasábamos juntos tratábamos de disfrutarlo al máximo. Nadie quiere pasar los pocos días que tienes con tu pareja discutiendo, pero el no hablar de estos asuntos era como esconder la basura debajo de la alfombra, tarde o temprano comienza a apestar y a veces esos problemas se acumulan como una gran bola de nieve que se va haciendo cada vez más grande a medida que recorre la ladera de una montaña, y su fuerza, se torna arrolladora.

- Si, claro que te escuché. Que a veces decida ignorarte es por tu propio bien y el de Bernardino, es uno de mis muchos talentos. – Dijo con una cautivadora sonrisa, mientras se ponía de pie y se dirigía hacia mí.

Dani, se sentó a horcajadas sobre mis piernas y me besó con pasión. Reconozco que me fascina cuando toma la iniciativa de esa forma tan impetuosa.

Me tomó unos instantes, bueno, muchos instantes separarme del delicioso beso que nos estábamos dando y la cálida sensación de nuestros cuerpos pegados, frotándose el uno contra el otro.

Aún con ella encima de mí y nuestras frentes apoyadas entre sí, le dije - le sacas todo el Flow con esos nombres que le pones a mi pito, y que hayas echo una encuesta online para nombrarlo ni te cuento. Mi amor, siento que estamos hiper conectados, hiper conectados con el mundo, con nuestras familias, con miles de personas que no conocemos y que aun así nos colman de afecto, de buenos augurios, de regalos, de apoyo, de palabras de aliento, pero también, aunque muchos con la mejor de las intenciones, de opiniones, de críticas, de ideas o sugerencias no solicitadas. Quizás hasta con el afán de defendernos o protegernos nos llenan de videos donde tal o cual persona nos injuria, ataca o simplemente miente sobre nosotros. Y todo eso pesa. Estamos conectados con el trabajo, con patrocinadores, con empresas, con amigos, subiendo fotos, historias, live streaming, planeado futuros encuentros con personas que no conocemos. Salimos de paseo, y lo compartimos, estamos con amigos y también compartimos online esa experiencia, es como si de alguna manera si las cosas no son trasmitidas online no existieran o como si le estuviéramos fallando a nuestros fans, si no hacemos que nuestra vida sea pública a cada momento. Extraños planean nuestras noches románticas, nos dan regalos e ideas para que nos demostremos amor entre nosotros. Misma gente que dice adorarnos se sienten traicionados si decidimos hacer con nuestras vidas algo que no apoyan o que les parece contrario a la imagen que ellos mismos erigieron de nosotros. Somos ídolos destinados a defraudar a quienes nos pusieron en ese lugar, un lugar que no pedimos y que será insostenible ya que, de una forma u otra, terminaremos sin cumplir las expectativas de esas personas, porque somos humanos, comentemos errores, actuamos con pasión, nos tiramos peditos, si a veces muchos, y también dejamos salir a nuestros demonios que no siempre podemos dosificar, y así nos etiquetan. A veces no me siento con el derecho de tener un mal día, de no querer subir historias, fotos o contestar trescientos mensajes y participar en 20 lives. Sé que son personas que nos muestran su amor y su cariño. Y por eso uno quiere estar ahí para ellos, pero uno también se cansa o anda fastidioso. Estamos tan hiperconectado que toda esta hiperconcetividad, diluye la conexión más importante que existe en este momento para mí, y esa conexión es contigo mi amor – concluí con sus manos tomadas, y nuestras miradas clavadas entre sí.

Dani se incorporó, estiró sus piernas y volvió a sentarse a mi lado en el sofá. Después de una breve pausa dijo - te entiendo. Yo estoy conectada contigo, y aun así me desdoblo y soy madre, novia, actriz, hija, hermana, amiga. Puedo hacer un live, mientras duermo a mi hija, y kiko me muerde una chichi, o mientras entreno con mis amigas. También puedo hacerlo mientras te apapacho, digo lo maravilloso que eres, te consiento, y permito a las personas ver por una ventana nuestra relación, pero es una ventana, no una puerta, una ventana para mirar, no para entrar. Porque después esa ventana se cierra. Nosotros manejamos eso, nadie más y las voces... sabes lo que opino de las voces, los comentarios, el hate, las opiniones y las críticas. Te voy a mostrar lo que opino. – Finalizó poniéndose de pie nuevamente y hablando un poco más fuerte – Alexa, reproducir mi forma de ser, de Olga Tañón. - En ese instante, Alexa, comenzó a sonar con esta especie de himno personal de Dani, y ella se puso a bailarlo y cantarlo a todo pulmón.

Reconozco que me encanta cuando se pone así, cuando muestra esa vitalidad tan hermosa, cuando pareciera que el mundo está solo para nosotros y que nada más estamos aquí para pasarla bien.

Aun con mi reticencia a ¿bailar? me da algo de pena llamar a mis movimientos baile, pero en fin, no iba a dejarla sola, así que tomé sus manos y traté de no entorpecer muchos sus pasos.

Cantamos, bailamos, reímos y terminamos abrazados comiéndonos la boca por algunos minutos.

Luego nos sentamos, aunque antes de eso, no resistí la idea de ir por una cerveza, servir tres cuartas partes en un vaso y el resto en otro que le entregué a Dani, y así procedimos a brindar, beber y mirarnos a los ojos en silencio.

Dani se puso de pie y sin voltear a verme, con una voz muy sensual susurró - entonces señor hiperconectado, ¿quiere ver el trajecito que compré para esta noche, o ¿no? -

Con algo de pena, me opuse, aunque no muy firmemente - obvio lo quiero ver, pero ¿lo tiene que ver todo el mundo también? Sabes que no soy celoso, no es un tema de celos, es un tema de que no siempre quiero compartirte, además me haces sentir como actor porno con esos videos. - Finalicé aún desde el sofá.

Dani, desde la entrada de la habitación me dijo - mi vida, si fueses actor porno te morirías de hambre, la mayoría de tus películas serían cortometrajes de 30 segundos o menos – concluyó con mordacidad.

Supongo que cuando hablamos de sexualidad, a veces no nos damos cuenta que poco tiene que ver con los cuerpos y cuanto con las mentes.

En ese mundo interno que habitábamos aplicaban leyes particulares que solo nos competían a nosotros. Y era un disfrute para ambos sentir los más recónditos placeres que nuestra mente ponía a nuestra disposición.

- ¿Mi amor y eso de quien es culpa? – pregunté con intención, a lo que agregué - ¿yo te digo que te pongas esos vestidos y que me hagas el mata hormigas? ¿qué me acercas esa cosota deliciosa y la empieces a mover? - concluí mirándola con deseo.

- Tu tranquilo chiquito, yo me encargo de todo – finalizó con esta frase que sonaba a amenaza, aunque por experiencia propia me constaba que así sería.

Bromeando le pregunté - ¿Chiquito? ¿hace falta hacer referencia a tamaños de nuevo? –

- Tú le dijiste cosota a mis nalgas – se defendió dándose vuelta y mostrándome su retaguardia al meneo de una música imaginaria.

En ese momento me acerqué a ella, la tomé de la cadera, acerqué la mia a la suya, aun por detrás, lo que la hizo incorporarse de inmediato, y así abrazada desde atrás le dije al oído - cosota deliciosa, es un adjetivo calificativo, que hace las veces de un halago. Además, tampoco me trates así como si yo no tuviera voluntad propia, no siempre tengo que querer cuando tú quieras. -

Se dio vuelta, aun entre mis brazos, y mirándome a los ojos preguntó - ¿y tú sabes la diferencia entre lástima y lastima? -

- ¿La tilde? – aventuré.

- El tamaño – respondió.

- Ahí vas de nuevo con eso. - Le dije mientras iba hacia la cama, a recostarme en modalidad, ver pelis y dormir.

Dani, desde el marco de la puerta, me lanzó una mirada seductora y dijo - bueno, entonces ¿qué? ¿me estás diciendo que no quieres chuchu? ¿el señor caliente se enfrió? -

- Tampoco soy tan caliente - me defendí.

- Una fan nos mandó una recopilación de videos de más de una hora en los que solamente estas recostándome la cebolleta – dijo entre risas, recordando el compilado.

Ambos reímos con ganas con ese recuerdo. La nuestra es una historia atípica, con las ventajas y desventajas de ser como es. Y tenemos la fortuna, o desgracia, dependiendo de cómo se lo quiera ver, de que muchas cosas, no solo están en nuestra memoria, o en la de las personas que nos han seguido, sino directamente grabadas y subidas a varias plataformas. De esa manera nos toca revivir ciertos momentos, que los demás constantemente nos recuerden cómo empezó todo, cuáles fueron las primeras miradas, las primeras complicidades, los momentos bellos y mágicos es algo maravilloso que nos encanta revivir y compartir.

Por supuesto que también están todos esos momentos horribles, todo lo que uno dijo del otro, y nadie lo está negando. En lo personal, jamás me ha hecho falta saber punto por punto, palabra por palabra lo que fue dicho. Yo escojo quedarme con el amor que nació después de la rivalidad y la indiferencia.

Yo elijo quedarme con lo que me hace bien, entendiendo que también hubieron cosas feas, fuertes, que ambos decidimos dejar en el pasado. Porque después de la tormenta llega la calma, y hoy nos enfocamos en los soleados días posteriores a las tormentas eléctricas.

Así que, con una sonrisa tierna en mis labios le dije - lo del recostón de cebolleta es un acto de amor, de cariño, y yo no dije que no quería, dije que algún día podía no querer. No siempre que tú quieras yo voy a estar disponible y deseoso -

Dani me miró a los ojos y avanzó hacia donde estaba, se trepó felinamente a la cama hasta quedar justo encima de mi cuerpo, que yacía inmóvil listo para que ella hiciera su voluntad.

- ¿Estás seguro de eso mi vida? ¿estás seguro que eres tú el que decide y no Bernardino? – susurró con una voz gutural, mientras sus pechos rozaban el mío, y su lengua jugueteaba dulcemente con mis labios.

En un acto de supremo control, alcancé a decir - claro, yo no soy un esclavo de mi pito. Tengo voluntad propia, si yo me lo propongo pues aquí no se hace chuchu y listo –

Dani puso su mano en Bernardino, quien ya se había puesto firme. Ella sintió en su mano como él iba creciendo, y como mi respiración se iba entrecortando a medida que le propinaba unas rítmicas caricias a mi glande.

Luego de unos momentos de goce, expresé con voz de resignación - Bueno, hoy si queremos, tuvimos una junta y ambos estamos de acuerdo en hacer chuchu –

- ¿Y qué pasa si ahora las que no queremos somos nosotras? – dijo Dani suspendiendo toda muestra de erotismo y mirándome fijamente a los ojos en actitud desafiante.

En ese momento, la tomé de los hombros y en una rápida acción, la puse boca arriba mientras yo me situaba sobre ella. Una vez cambiada la situación de poder, la miré desafiante y le dije, mientras mantenía sus muñecas inmóviles con mis manos - nada que una conversación de 45 minutos entre tu totona y mi lengua no pueda solucionar – concluí comenzando a bajarme hacia su zona púbica.

Dani me tomó del mentón y volvió a subirme hasta que quedé a la altura de sus ojos y dijo - ¿de verdad crees que esto va a ser cuando ustedes quieran? ¿en serio todavía no te diste cuenta de que las que mandamos somos nosotras? -

- ¿Ustedes las mujeres? – Pregunté incrédulo con exasperación - ¿vamos a volver al back tu basics, a la guerra de los sexos? –

- Nosotras, mi totona y yo – dijo sonriente, mientras me daba un tierno beso en los labios.

Sé que les parecerá extraño tanta plática y jugueteo, pero la verdad es que afortunadamente nuestra vida laboral, social y familiar en conjunto es tan extensa y demandante, que pocas veces nos podemos dedicar a hablar relajadamente, sin presiones ni espectadores, sin cansancio, prisas, o preocupaciones apremiantes.

Muchas veces cuando por fin quedamos a solas, comenzamos a hablar de nuevas ideas de proyectos laborales, de nuevas formas de mejorar lo que venimos haciendo o incorporar nuevos proyectos, maneras de generar un contenido que nos emocione, que nos guste, que nos haga sentir que estamos aportando algo que de alguna manera sentimos que hace falta. Quizás parezca increíble, pero a veces la figura de compañeros de trabajo, amigos, amantes, novios, y todo eso cruza una fina línea y cuesta volver a esa realidad en la que esta bien que en la mitad de una frase nos besemos, que de repente sí podemos comernos la boca y apretarnos contra una pared y perdernos el respeto, con todo respeto claro.

Pese a que compartimos mucho tiempo juntos, casi la mitad de cada mes lo pasamos conviviendo, ese tiempo está lleno de compromisos en varios sentidos, laboral, social, familiar, así que rara vez estamos así de solos y con la posibilidad de abrirnos el uno con el otro, de jugar entre nosotros, de vivir nuestra intimidad lejos de fotos, lives, o con la premura de alguna reunión o llamada que nos interrumpa.

Además, cabe destacar que a veces cuando finalmente quedamos a solas, el cansancio o la pasión se apoderan de nosotros y no median muchas palabras, o nos dedicamos a dormir, o a disfrutar de nuestros cuerpos. Así que este jugueteo previo, estas bromas y chanzas, poder divertirnos y reírnos a solas es un oasis de intimidad que verdaderamente disfrutamos.

- Bueno, es una posición compartida la del líder - aventuré sin demasiada convicción.

- Ternurita ¿en serio? – dijo Dani incorporándose mientras pasaba al vestidor - mi amor, todo lo que sucede en una relación es porque nosotras las mujeres hacemos que así sea. ¿De verdad te lo tengo que explicar? El mundo de la mujer es un mundo de sutilezas, de miradas, de guiños, e indirectas. A ver, ¿a dónde fuimos a desayunar hoy? - concluyó aun oculta en el vestidor.

- A La Crema, el restaurante venezolano que te encanta – le dije alzando la voz e incorporándome en la cama.

- Muy bien ¿y por qué fuimos ahí? – replicó en tono de maestra.

- ¿Pues porque teníamos hambre y había que ir a desayunar? - contesté sin saber bien la respuesta.

- Si mi amor - dijo con el tono un poco cansado de quién explica una obviedad - pero porque fuimos a ese restaurante en particular, porque fuimos a comer arepas y no huevos revueltos, o fruta, ¿o alguna otra cosa? -

- No sé, dijiste que anoche no habías cenado, y yo te dije de prepararte algo de desayunar, después replicaste que se te antojaba algo crujiente y a mí se me ocurrió ir a la crema por unas arepas, ¿fue algo así no? – dije con la genuina sinceridad de quien no entiende hacia donde se dirige una línea de cuestionamiento.

- Fue exactamente así. Sin decirte vamos a comer arepas a un restaurante, te indiqué la dirección en la que debíamos ir esta mañana. Es básicamente lo que todas las mujeres hacemos todo el tiempo – contestó Dani satisfecha, saliendo del vestidor con un conjunto de ropa interior traslucido de tres piezas que dejaba ver su mejor versión luego de que ambos habíamos concluido el reto alimenticio y de entrenamiento que nos había ayudado a perder unas cuantas libras y tonificar nuestros cuerpos. Dicen que las parejas que entrenan juntos, se mantienen juntos. Pues con Dani, hacemos tantas cosas juntos, que comenzamos a funcionar como un equipo. Eso sumado a que me encanta, hace que la química fluya para unirnos, día con día.

Dani se veía más increíble que nunca, las piernas marcadas y tonificadas, el abdomen plano, los brazos delgados y esas nalgotas deliciosas que tanto me gustan.

Mirándome desde el borde de la cama dijo - ya sea con canciones, señalando un gesto romántico en una película, o alguna insinuación como: No sabes lo que le hizo el Cesar a la Mary Jenny. El muy cabrón le dio un like a una de esas chavas super fitness en una foto mostrando el culote. A ver si no se la cortan. Menos mal, mi cosito, que tu jamás harías eso, sino te tendría que cortar los huevos muy despacio con un cuchillo de mantequilla oxidado para después dártelos de comer en una arepa. ¿Ves? Super sutil. Así somos las mujeres, los vamos guiando hacia lo que tienen o no que hacer ustedes los hombres. ¿O a poco me vas a decir que cada gesto romántico que has tenido conmigo de verdad crees que se te ocurrió a ti solito? – finalizó como una maestra que concluye una lección.

- No fue así – remarqué - a mí nadie me dijo nada.

- Ternurita. Está bien. Tu sigue creyendo en santa. Y ahora vamos a prepararnos porque esta noche se hace el delicioso – dijo mientras comenzó a avanzar sobre la cama en mi dirección.

- Amor tampoco te hagas la *femme fatale*, porque más de una vez te dejé las patitas temblando como bambi recién nacida. Y me tenías que pedir por favor que parara porque ya no aguantabas más, ¿ok? - dije tratando de no enfocarme demasiado en ella porque verdaderamente estaba increíblemente sexy con ese conjunto de tres piezas, con encajes, tela traslucida y toda esa carne venezolana de exportación.

Dani se sentó a horcajadas y dijo - pues que machote me saliste, ¿de verdad quieres competir? esta es una arepa caliente que no te vas a poder comer con un matecito, ya te estoy avisando -

Incorporándome para que, con ella sentada encima de mí nuestras caras quedaran una frente a la otra, dije - te he comido de tantas maneras amor, ¿de verdad quieres probar a que sabe este brocolito?-

- Me encantaría – susurró seductora mientras lamió mis labios de manera felina, a lo que agregó - voy poniendo la cámara en la habitación -

Mientras ella se incorporó para ir a buscar la cámara, protesté - mi vida ya te dije que no somos actores porno. No tenemos que grabarnos todo el tiempo haciendo cosas, yo creo que con un par de fotos sensualonas ya está, ¿hace falta que sigamos haciéndolo bajo las sábanas como en la casa? Estoy cansado de que se me vea el asterisco en cada descuido. Y yo entiendo que no es nada que no se haya visto antes de nosotros, pero...-

- Que sensible estas hoy ¿qué te pasa? - me interrumpió Dani sorprendida.

- Bebé, te quiero para mí solo esta noche - le dije con el tono más dulce del que fui capaz.

¿Es raro que esté celoso de una cámara? ¿qué necesité hablar con la mujer que amo sin que nadie más nos oiga, nos vea, nos juzgue? ¿se puede entender la verdaderamente escasa cantidad de tiempo a solas que pasamos? Incluso cuando cada uno está sin el otro, si hacemos un live o subimos una foto, no faltan los comentarios de qué porqué no tenemos puestos los anillos, o no mencionamos al otro de tal o cual manera, y son innumerables la cantidad de veces que simplemente nos dicen que ya rompimos, que el otro nos dejó de seguir y estupideces por el estilo con las que tenemos que lidiar de manera cotidiana.

- Me emputa que me digas bebé – sentenció Dani con evidente molestia ya en el marco de la puerta que separaba la recamara de la sala, donde se encontraba el aro de luz y el tripié.

- Y a mí me emputa que haya un Wally *(forma cariñosa de referirnos a las cámaras)* todos los días en esta casa mi amor, si no es el live, es el concurso, o las fotos, o los reels, o el meet & greet, o el contenido para suscriptores o mis rutinas de ejercicio, o mis podcasts, o tu cocinando, o yo haciendo mates, o...- dije a bocajarro sin poder contener mi frustración, aun sabiendo que estaba mal dirigida hacia ella. Ambos éramos igualmente responsables del estilo de vida que teníamos.

- Si, entendí, te entiendo - me replicó con mucha paciencia. Su voz dulce y cariñosa, se contraponía a esa imagen que me veía desde el umbral de la puerta, con la luz de la sala de fondo solo permitiéndome ver su exquisito contorno a contraluz. A lo que agregó - ¿pero que me quieres decir? Vivimos 3 meses siendo grabados constantemente, y la gente, nuestros fans, quieren eso, quieren vernos, son como de nuestra familia, nos han apoyado, cuidado, apapachado, protegido, peleado por nosotros, desgastado sus deditos de tanto votar, quedado sin dormir por vernos en las madrugadas, los hemos acompañado y se han acostumbrado a nosotros y nosotros a ellos. Somos parte uno del otro. -

Me levanté de la cama, fui hacia ella, la abracé, pegué mi sexo al suyo y dije - yo quiero que esta noche sea solo para nosotros, quiero fundirme en ti, comerte como si fueras una fruta madura lista para explotar de sabor en mi boca, quiero darte hasta que vibres de placer, sudar en ti, venirme en ti, y saborear cada pedazo de tu cuerpo. Como dijo el poeta: quiero hacer contigo lo que la primavera hace con los cerezos. -

- Que romántico estás – dijo sonriente aun sin despegarse de mí. - Vamos a ver si ahora que me ponga unos tacones y agarre un aceite térmico andas igual de liberado. La verdad es que no me siento tan cómoda en este conjuntito, ¿no me hace ver un poco gorda? -

- Gorda me pones esta – le dije con una voz calmada, mirándola a los ojos mientras le refregaba a Bernardino sobre su totona.

- Me encanta cuando me recitas poesía – me respondió entre risas.

- Si, lo saqué de un poema de Neruda ese último verso. -

- Me gusta cuando te liberas y te permites ser un poco grosero, pero bueno, después de haber escuchado y olido tus pedos durante 3 meses, supongo que esto no tendría que sorprenderme - dijo camino a la cocina, mientras buscaba otra cerveza para ambos.

Alcancé a interceptarla justo en el momento en el que abría la puerta del refrigerador, la abracé por detrás y le dije - mi vida quedamos de no sacar cosas de la casa. Recuerda, lo que pasó en el show, se queda en el show – puntualicé.

- Tienes razón – me dijo apoyando aun con más fuerza su poderosa retaguardia contra mí, luego nos sentamos lado a lado en la mesada de mármol gris de la cocina, dimos el primer trago a la cerveza y prosiguió - aunque hayamos vivido dos casas diferentes, aunque hayamos aclarado tantas cosas, lo que cada uno dijo del otro, las insinuaciones, los pecados de acción u omisión que cometimos, aunque nos hayamos pedido perdón hasta el hartazgo y que precisamente por habernos dejado influenciar por los impulsos tanto propios como de las personas que en esos momentos para nosotros eran muy importantes, incluso familia, lo que quieras, pero todo eso lo hicimos, lo dijimos, nos lastimamos. Fuimos de alguna manera cada uno un arma que le hizo daño al otro. Todo eso lo podemos perdonar, lo podemos tratar de enterrar, pero ahí está, porque jamás lo vamos a poder olvidar. Y todos los días hay personas tratando de golpearnos precisamente con eso, con los videos de lo que uno dijo del otro, con lo que tus hermanos, o los míos, tu familia en el show o la mía han dicho y siguen diciendo aun a meses de haber salido. Somos parte del daño que tanto tu corazón como el mío sienten. Hemos sido los victimarios el uno del otro. Y aunque ahora haya amor en nuestros corazones, ninguno de los dos se contuvo ya sea de decir, hacer o permitir que se digan cosas terribles del otro. Yo dejé cicatrices en tu corazón y no sé cómo pedirte disculpas, y ni siquiera sé si todo el amor que siento por ti sea capaz de sanar las heridas que yo misma provoqué. Y todo esto a veces simplemente sale, como ahora – concluyó Dani con sus ojos acuosos.

- Yo no estoy negando nada de eso, créeme que lo entiendo   perfecto – le dije tomando su hermoso rostro entre mis manos, mientras con mis pulgares limpiaba el agua salada que comenzaba a salir - pero no reconozco en ti esa persona que había en el show. Cada vez que me repetiste las palabras que decías...-

- Dictador, sociópata, miso...- interrumpió Dani.

- Ya, ya mi amor, no la arregles, más. Mira, aunque de alguna manera me lastimaba, también me sanaba, porque sabía que esa mujer que me las estaba diciendo ya no creía en ellas. Cada vez que las repetías, que me las repites, tomándome de las manos, mirándome a los ojos, cada una de esas palabras pierde valor, y de alguna manera sanan mis heridas. Las cicatrices siguen ahí, y estarán ahí para siempre, pero las heridas están sanando. Tu ahora eres la mujer que desde hace meses se ocupa de llenarme de amor, de cariño, de cuidarme, de hacerme sentir querido, contenido, cogido. Tu eres ahora, no mi familia, sino mi equipo, un equipo en el que escojo estar cada día. Eres la persona que yo elijo, no porque jamás haya dicho una palabra para ofenderme o lastimarme, sino porque a pesar de eso, aceptaste que esa imagen que tenías de mí no me representaba y te diste la oportunidad de amarme. Me permitiste mirarte a los ojos, ver la increíble mujer que eres, y depusiste las armas permitiéndome enamorarme de ti. Además de convertirte en mi defensora, en mi apoyo, mi sostén, y quien me ayuda a ser mi mejor versión. Y yo escojo quedarme con eso, y todo lo demás, relegarlo al olvido. Me convertí en otra persona cuando por fin te miré – le comenté con la cálida voz que me sale cuando me permito que todo el amor que siento por esta maravillosa mujer emane libremente de mí.

- La gente seguirá sin entender como el dictador se enamoró de la gárgola nalgona, o en qué consistió la estrategia de que de repente me abrazaras tan fuerte que no me quisiera ir de tu lado - dijo Dani y agregó - como si el amor tuviera razones. Como si todo tuviera un precio. Como si desde el momento en el que te permitiste comenzar a verme a los ojos, o probaste esa primera arepa alguno de los dos hubiésemos tenido otra opción más que enamorarnos. Si, quizás eso nos hizo perder el show, perder amigos, o supuesta familia, si puede ser que haya mucha gente que aun hoy crea que todo sigue siendo un juego, pero no todo fue grabado. No todo lo pudieron ver, solo vieron lo que quisieron que vieran, y la verdad hace tiempo que a mi dejó de importarme si nos creían o no, a mi lo único que me importa es que me quieras, que tú me quieras, que tú me ames, que tú sientas que dejé de ser una gárgola, aunque amo ser gárgola y que ahora soy esta personita que se preocupa por ti, que te quiere, que te cuida, que te adora, y que jamás va a permitir que nadie te ataque, porque tú eres mi cosito, mi macho, mi dictadorcito, o mejor aún, mi estratega – concluyó mientras nuestras manos estaban entrelazadas y nuestros ojos húmedos se miraban mutuamente.

Imagino que habrá sido una imagen muy interesante si alguien más nos hubiese visto, ambos sentados en la mesada de la cocina, una cerveza compartida entre los dos, de la que yo la bebí casi toda, ella archi mega sexy con su lencería, y yo con su bata de baño en la que me podía de ver muchas formas menos sexy. Nuestras manos tomadas, y ambos felices de estar compartiendo uno al lado del otro.

- Y tú eres mi cosita, mi arepita – le dije mirándola muy enamorado a los ojos. Instintivamente mi mirada se dirigió luego a su boca y siguieron bajando hacia su escote, y sin darme cuenta agregué - bueno ¿hacemos chuchu? -

- ¿O sea, de verdad solo me ves como un pedazo de carne? – bromeó.

- Más bien como a unos vegetales bien tiernitos, pero que me quiero devorar – repliqué poniendo en evidencia mi veganismo.

- Después te enojas de que la gente diga que yo te tengo secuestrado y que eres mi esclavo sexual – dijo no sin cierto toque de malicia.

- Nunca me molestó, ni me molestará esa idea. La verdad no creo que muchos hombres les incomode de que los usen como a ¨esclavos¨ sexuales. Aunque a veces los esclavos se revelan, como Espartaco – dije.

- "Nacho siendo Nacho". Sabes perfectamente que no sé quién es Espartaco – dijo cambiando su tono en el que pude notar como comenzaba a enfadarse.

- Espartaco era un prisionero de guerra, devenido en esclavo y luego convertido en gladiador, que provocó una rebelión, primero de gladiadores y luego de esclavos en el imperio Romano, siendo un flagelo para el Estatus Quo – concluí mi catedra como un profesor orgulloso.

- Aquí acabo la lección teórica, pasemos a la práctica – le dije mientras la tomaba de la mano y la conducía muy lentamente hacía el sofá.

Dani se dejó llevar, la senté dulcemente, me puse encima de ella y la hice recostar.

Comencé besándole los costados del vientre, las partes que no estaban cubierta por la lencería. Luego fui subiendo hacia sus pechos, y los besé por encima del sostén, dando paso a mi avance hacia su cuello. Cuando sentí que su piel comenzaba a erizarse, la di vuelta de forma impetuosa y mientras la mantenía en esa posición, comencé a bajar hasta hallarme en sus nalgas, en el momento en el que con determinación iba a introducir mis fauces en el infinito abismo se su carnosidad trasera, ella se dio vuelta intempestivamente y de un nalgazo casi me arranca la nariz.

- Perdón mi amor – dijo entre risas – es que al echarme el aliento ahí me dio cosita y me di vuelta -

- No está bueno eso mi amor – dije algo ofendido de que mi estrategia de seducción y pasión terminara en risas y se viera frustradas por una nalga.

- Es que fue instintivo - se defendió.

- Imagínate que cuando tú me quieras hacer una mamada, yo te de un pitazo en la cara ¿te gustaría eso? - ataqué.

- Dos cosas: primero: si, me gustaría. Segundo: tampoco es como que me vas a sacar un ojo o romper la nariz, ¿no te parece? – dijo Dani lo más seria que pudo.

Me puse de pie y fui hacia la cerveza que había quedado en la mesada a beber un trago. Me tomé mi tiempo y desde ahí la miré y le pregunté - ¿otra vez? –

- Bueno amor, es que a comparación de mis nalgas, pues obvio que… - intentó excusarse.

- Mi vida, no lo quieras arreglar - dije - pero la verdad que si, en unas nalgotas así, cualquier pito se pierde. Mi amor, a ningún hombre le gusta que le hablen del tamaño de su miembro, salvo si es para decir que esta archi super mega gigante. Te aviso. – Concluí.

- Perdón, no sabía – dijo con su estudiada voz de niña regañada, mientras adoptaba una posición sumamente seductora en el sofá.

- Te voy a decir las cinco cosas que todo hombre sabe, o debería saber de una mujer – comencé a explicar mi teoría balanceando la botella de cerveza en mi mano - primero: si una mujer te dice que no pasa nada, es mentira, si pasa, si pasó algo mega super grande, o sea, la mega cagaste, así que prepárate. Segundo: si una mujer te dice que quiere estar sola en ese mismo momento te quedas en ese lugar con ella, no aprovechas para ir a hacer lo que tú quieras, no, no es así, esto no funciona de esa manera. Cuando dice que quiere estar sola, en realidad no suele querer estar sola, solo quiere que no la interrumpas en su proceso de mujer siendo mujer, así que tienes que activar el modo planta, para estar a la vista pero sin interrumpir, para que su femineidad pueda pulular libremente en el ambiente. Realmente lo último que quiere es estar sola, ella va a quedarse calmada siempre y cuando tú no te pongas a hacer nada y te mantengas a su lado, tienes que darle tiempo para que se reinicie su sistema operativo. Tercero: si dice que está aburrida, pues ahí mismo te inventas un plan sin preguntarle y lo llevas a cabo, y más vale que sepas cuáles son sus lugares, su comida o su tienda favorita. Cuarto: si en algún momento te dice haz lo que quieras, no lo hagas, es una trampa, no hagas eso que quieres, esfuérzate en hacer memoria y hacer eso que ella quiere, o invéntate un plan que incluya comida o ir de compras en ese mismo instante, suele dar resultado el 99% de las veces. Quinto: siempre que hagas un plan que incluya comida, no le preguntes, tu llévala a esos lugares que le gustan, pero que le gusta realmente, y que suelen involucrar comida que engorde, ya que ella no te dirá de ir allí, pero si tu la llevas sentirá que no fue su idea y que por lo tanto si come algo que quizás por las calorías no debería, en realidad no cuenta como un engaño en su dieta ya que no fue idea de ella. – Finalicé al momento que acababa la cerveza, muy orgulloso de mi conocimiento de galleta de la fortuna en el género femenino.

- Que interesante, y yo creo que los hombres deberían venir con una especie de manual de instrucciones, o mejor aún, con una lista de recomendación, como estrellitas de Amazon, o reseñas de Yelp. Así una podría consultarle a sus ex, que tan bueno era en la cama, que lo ponía de buenas o de malas, si es muy gruñón, si tiene miedo al compromiso, y todo eso. Porque en el resto de las cosas si son

bastante básicos ustedes, muy literales –
dijo Dani.

Debido a la forma en la que estaba vestida
y recostada, me pareció que se asemejaba
a una versión super sexy y con lencería, de
la maja vestida de Goya.

- Mi vida, definitivamente yo no quisiera
que hablaras con mis ex, no es que me
lleve mal ni nada, pero no estaría bueno.
Te aseguro que a ningún hombre le
gustaría eso. ¿O que les revisen el
teléfono? Ya te sabes lo que le dijo mi
amigo Hernán a su novia cuando le pidió
el teléfono, ¿no? –

- No me acuerdo, ¿qué le dijo? - Preguntó
Dani.

- Pues estaban teniendo una discusión y
su novia le dijo que le quería revisar el

teléfono, él se lo dio, pero antes de soltarlo le dijo, dame un abrazo muy fuerte. Ella le preguntó, ¿por qué? A lo que él respondió, porque te voy a extrañar mucho. – Finalicé riendo de mi propio chiste.

- Muy gracioso - dijo con ironía y una mirada encendida - a mi si me gustaría que hablaras con mis ex´s, yo no tengo ningún problema con eso, es más estoy segura que si hablara a con ellos ahora mismo todos me dirían de regresar. Esa es mi carta de presentación – dijo con orgullo, a lo que agregó - piensa en que los ex´s, son como un inquilino, le preguntas por la casa que quieres rentar y ellos te dan los detalles más escabrosos. Ya sabes lo que dicen, uno sabe con quién se casa, pero no de quien se divorcia -

- Eso no sonó bien. Y además yo no quiero saber quién habitó ese inmueble. Ya bastantes videítos me han enviado de lo sucedido en el show – dije tratando de ocultar un malestar que jamás le había confesado, ni le confesaría, aunque imagino en que en algún punto ella leerá estas líneas, así que bueno, está siendo confesado en este momento.

- Yo si recomendaría a todos mis ex´s – lanzó Dani desafiante desde el sofá.

- ¿En serio? -

- Si, pero para que sus culitos nuevos se jodan – soltó entre risas.

- Menos mal – medité en voz alta - ¿qué iras a decir de mí? –

- Nada peor de lo que ya dije en el show, eso seguro – reflexionó sin atisbo de comicidad en sus palabras.

- Ya mi vida, ¿andas buscando ponerme celoso con toda esta platica de ex parejas? – pregunté con sinceridad.

- Pero si usted se la pasa diciendo que no es celoso señor Casano – replicó astutamente.

- Bueno, una cosa es decirlo y la otra es que llamemos a tus ex´s a ver si quieren volver, no mames -

- Si mamo y muy bien, tu mejor que nadie debería saberlo -

- Es una forma de hablar que tenemos en México – me defendí de la grosería que acababa de salir de mi boca.

- Pero si vos sos argentino, che. -

- A decir verdad, soy cosmopolita. -

- ¿Vas a empezar con tus ¨mamadas¨? – atacó Dani incorporándose.

- Cosmopolita. Digamos una persona con un amplio sentido de la pluralidad - repliqué para darle continuidad a mi broma.

Dani se puso de pie y camino hacia enfrente de la mesada para mirarme a los ojos y dijo - una más, y te juro que esta noche te la vas a tener que mamar solo –

- Cosmopolita significa ciudadano del mundo mi amor – repliqué al instante. Soy valiente, no pendejo.

- Ah, claro, eso mismo. ¨Nacho siendo Nacho¨ -

- ¨Daniela siendo Daniela¨ -

- Andas muy graciosito – me dijo.

- Soy muy gracioso – respondí con modestia.

- ¿Ah sí? – me preguntó en forma de amenaza.

- Si, claro. Lo que sucede es que también soy un gusto adquirido, como el sabor amargo del café o la cerveza, no soy para cualquiera. Cuando di mi función de despedida de ¨El tema¨ la obra que escribí y en la que actué, y en la que tú estabas presente, todo el mundo se la pasó increíble y muertos de risa, ¿no? – Argumenté.

- Mi vida, la gente se reía, porque todos los que estábamos ahí éramos o tus fans, o amigos tuyos o gente que te queremos. Es más, yo solía empezar a reírme para contagiar a las personas – dijo con la franqueza que la caracteriza.

- Creo que me gustabas más cuando hablabas de mi a mis espaldas– le solté a quemarropa.

- Eso fue porque nunca tuviste los huevos de decirme nada de frente – argumentó con cierto enfado.

- ¿No? Y cuando dijiste que no por ser vegano era buena persona, y yo te dije que había algunas personas que comían carne que también eran una mierda –

- Dale gracias a Dios que no te haya escuchado, sino en ese mismo momento...
- Dani no alcanzó a terminar la frase ya que ahí mismo me levante di la vuelta a la

mesada y le comí la boca de un beso, muy al estilo de ese beso que le di ya hace tiempo en el baño del show, arrebatado, pasional, con ganas y deseo.

A.D. Yo jamás escuché eso, sino en ese mismo instante comienza la guerra. Y probablemente este libro no existiría.

Me la quedé mirando fijamente, enamoradísimo de la mujer que tenía en frente. Para mi sorpresa, al despegarnos, Dani, sintió que tenía algo en la nariz, se lo quitó con los dedos, lo miró y pasó a limpiarse en mi antebrazo, todo ante mi atenta mirada.

 - ¿Mi vida, me acabas de pegar un moco? – pregunté incrédulo.

- Te has comido cada cosa mía que no me vas a decir que te da asco – me dijo con ternura.

- No, asco no, claro que no, si sabes que yo te venero. Es más, a veces creo que te debería llamarte como con un nombre religioso, como sacerdotisa, o Sor… ya, lo tengo. Sor, Sor Raimunda ¿suena lindo no? – dije con malicia.

Separándose de mi inmediatamente y tomando distancia dijo - Ah, pero que gracioso estas hoy, como se nota que hicimos chuchu en la mañana y que estas descargadito, sino no te harías el cómico. Lo único que te falta es bailar –

- ¿A poco quieres que baile pare seducirte? – la amenacé.

- O sea, ¿crees que si me bailas me vas a prender? -

- Si te hago los pasos prohibidos, te pones como una cascada – Aventuré mientras me comenzaba a mover al ritmo de una música imaginaria acercándome hacia ella. A decir verdad, siempre me muevo al ritmo de una música imaginaria, ya que suene lo que suene, yo me muevo a un ritmo propio.

- Ah bueno, pasos prohibidos. Hoy si estas bien argentino. ¿Sabes cuál es el mejor negocio que se puede hacer con un argentino? – preguntó mientras me veía moverme a su alrededor.

- ¿Comérselo a besos? – le dije mientras la tomaba de la cintura y le besaba nuevamente esos deliciosos labios.

- No, comprarlo por lo que vale, y venderlo por lo que cree que vale - finalizó riéndose con maldad de su propio chiste.

- Ah, estamos de ese humor. Ya empezamos con la xenofobia – me defendí.

- Y por usar palabritas raras ahí te va otro. ¿Sabes cómo se suicida un argentino? -

- Dime – dije con cansancio al conocer el remate del viejo chiste.

- Se sube a su ego y se tira desde allí -

Para este momento ya había ido por otra cerveza, y sentado nuevamente frente a la mesada le dije - bueno, te cuento ahora uno de venezolanos...mejor no – recapacité, antes de encenderla más - ¿Solo te sabes esos? – desafié.

- ¿Quiere guerra el señor Casano? vine
preparada –

Dani se sentó frente a mí, le dio un sorbo
a mi cerveza y comenzó su relato:

- ❖ ¿Qué es el ego?
  El argentino que todos llevamos
  dentro.
- ❖ ¿Por qué cuando hay relámpagos un
  argentino mira al cielo?
  Porque cree que Dios le está tomando
  una foto.
- ❖ Dos argentinos están a punto de
  entrar a una fiesta en España,
  cuando uno le pregunta al otro:
  -Che, ¿les decimos que somos
  argentinos?
  -Nahhh, dejalos, ¡que se jodan!

- Concluyó Dany muy satisfecha de si misma

Yo creo que se había estado preparando para este momento especialmente, jamás la había oído contar chistes de argentinos, en realidad los únicos chistes que le había oído, eran unos malísimos que le inventaba a Ugui, pero hoy si estaba desatada.

- ¿Veo que tienes ganas de recordar los viejos tiempos? – le dije.

- ¿Que viejos tiempos? -

- Los de pelear. De pasártela diciendo cosas de mí – Argumenté.

- Ya deja el drama, eran unos chistes. ¿Vamos a hacer el video en only fans o no, pues? – dijo Dani caminado hacia mí, y rodeando mi cuello con sus brazos.

- No, no vamos a hacer ningún video. ¿No te parece mejor que hablemos? – le pregunté dulcemente.

- ¿De qué quieres hablar? – me preguntó sentándose a mi lado.

- No sé, de lo que te pasa, estás como rara, desde hace unos días te la pasas super ocupada, de un lado al otro, de un evento a un live a entrenar, a reuniones de trabajo. Andamos todo el día movidos, o con gente o con tu hija, que esta increíble, pero casi nunca estamos solos de verdad mi amor. Dani, yo te amo, estoy enamorado de ti desde...no sé ¿siempre? desde que comenzaste a tratarme con un amor que tenía tiempo sin sentir. Estoy enamorado de tu valentía, y de lo dulce y cariñosa que eres. Pero creo que la mujer maravillosa que descubrí hace que para mí sea mucho más difícil estos momentos en que no te tengo, y digo no te tengo porque es muy notorio este vacío que se genera cuando estas en este modo avión, en este piloto automático. O sea, sí estas, sí me besas, sí sonríes, sí funcionas, pero me doy cuenta de que esta velocidad a la que te mueves hace que una parte tuya esté ausente, es como una forma de recluirte en un lugar al cual no tengo acceso. Perdón mi amor, pero aunque tu cuerpo me encante, aunque tus curvas me fascinen, quiero más, ya me acostumbré a más. Me acostumbré a sentir un amor, una atención, un cariño, básicamente me acostumbré a llamar hogar a esa sensación de sentirme complementado por ti, a tenerte entre mis brazos y sentirme invencible. Extraño luchar juntos, extraño ser ese equipo maravilloso del que me siento parte cuando estamos en sintonía, escudo con escudo, hombro con hombro, no dando lugar a que nada nos lastime. Pero te siento lejos, distante, ausente. ¿Dónde estás mi vida? – le dije abriendo de par en par las puertas de mi corazón.

Como ya les había comentado, aunque pasamos más de la mitad del mes juntos, rara vez tenemos la ocasión de remover nuestros sentimientos, de hablar de estos dolores, cicatrices, heridas de la cuales nuestra relación está plagada. Como todos, hablamos de muchas cosas, de muchos problemas y situaciones urgentes, de amigos, de la familia, de temas de trabajo, pero los asuntos importantes para nosotros, es más los asuntos que sostienen al nosotros, no son algo que abordemos seguido. Y ambos sabemos que esa es una olla a presión que debe ser aliviada de forma regular, pero nunca parece haber un buen momento para hacerlo.

No me dejarán mentir y estarán de acuerdo conmigo de que nuestra relación en única en muchos aspectos. Hemos estado expuestos a muchas cosas que pocas parejas en el mundo han experimentado. Ya que pocas parejas salen juntas de un proyecto en el cual las cámaras lo grababan todo, y luego los comentaristas lo distorsionaban todo. Así que hay muchas cosas que hemos trabajado, pero muchísimas más que aun debemos trabajar.

También la situación particular de los dos, de nuestra forma de ser, de nuestro ritmo de vida, han hecho que este tipo de platicas, de desnudar nuestros sentimientos y hablar de nuestra relación hayan sido muy pocas. Y esta noche, estaba teniendo lugar una significativamente importante para ambos.

- No sé, no sé bien donde estoy, y tampoco quería preguntármelo – inició Dani - no quería detenerme a pensar, a hablar de esto porque sacarlo a la luz es también permitir que entren cosas por las fracturas que tenemos, porque si tenemos fracturas, ¿lo sabes no? Le echamos ganas, seguimos adelante, pero las fracturas están, somos muy distintos, y yo no sé si estoy para enseñarte a tener pareja. Sé que lo hablamos desde el primer momento, pero yo he vivido casi toda mi vida adulta en relaciones largas y tú la has vivido solo. Para mi hay cosas que son básicas y me da ladilla tener que explicarte que nuestros aniversarios son sagrados, que debes ser especialmente atento esos días, que no quiero que me preguntes que hacer, sino que simplemente que lo hagas y punto, y ni que hablar de la mega cagada que te mandaste con Anita. Ahí ni quiero entrar porque ahí si hago lo que me dan ganas de hacer en estos momentos, salir corriendo. Salir corriendo de ti, de la relación, de todo esto. Me dan ganas de gritarles a todos que tenían razón. De decirles a todas esas lacras que se la pasan hablando mal de ti, mal de mí, mal de nosotros, que ya está, que nos rendimos, que nos damos por vencidos, que si tanto les molesta que nos amemos, que sean felices sabiendo que nosotros no lo logramos, que no le ganamos a este sistema arreglado, plagado de haters anónimos que se la pasan destilando veneno. Entre supuestos amigos, fans, familiares, gente del trabajo, todo el mundo opinando, y tirando mierda de nosotros, es como subir una montaña con una mochila cada vez más pesada, y cargada de odio, y la verdad me siento con ganas de tirar este lastre, de salir corriendo, de agarrar a mi niña, y correr lejos. Lejos de todo, de todos, y también de ti – concluyó Dani con sus ojitos dejando escapar una seguidilla de lágrimas.

- ¿De verdad? ¿de verdad quieres que te suelte la mano? – dije con la voz entrecortada - porque no te puedo prometer que no la voy a volver a cagar, si voy a seguir echándole ganas, trabajando en nosotros, en este amor que siento y que además no sé, no sabría como dejar de sentir, no sé cómo dejar de amarte, no sé cómo soltarte la mano cuando lo que más quiero es apretarte fuerte contra mí, y no dejarte ir nunca. Y si, siento que la cago todo el tiempo y con casi todo lo que hago trato de seguir aprendido. De manejar mis frustraciones, las subidas y bajadas de humor, en este trabajo tan fluctuante, y en estos meses tan difíciles que hemos vivido, donde todo el mundo te etiqueta a la primera, dónde aunque las muestras de cariño y amor son muchas más, tampoco faltan los insultos, las agresiones, una violencia cobarde que acecha a la vuelta de cada esquina, de cada comentario o mensaje en Instagram. Esa gente miserable cuya ocupación parece ser la comparación, el perjuicio, el opinar aunque no tengan ni la menor idea de que están hablando y lo peor es que no les importa. Parece que cagan por la boca, que no se les ocurre reflexionar ni tantito, como si uno les hubiese hecho algo a ellos, algo personal. Preguntándote por tal o cual persona o por lo que dijiste hace cuatro meses en un contexto que jamás podrían comprender porque a veces te juzgan hasta por un video de tik tok sin saber si quiera que dijiste antes y después de eso por lo cual han decidido odiarte. No te atacan solo por lo que haces sino también por lo que no haces, a quien no ves, o de quien no hablas, o si alguien más opinó de algo y tu no haces un comentario al respecto pareces ser culpable hasta de lo que dice la madre de alguien más. Yo solo soy responsable por mí. Y si, sé que te caga, que debería ver cada video, cada comentario, cada cosa de cada persona cercana a mí para así poder estar al pendiente de lo que dijeron de ti, de mí, de nosotros, pero no puedo, no puedo y no quiero, no me hace bien. Prefiero estar enfocado en nosotros. Prefiero seguir limpiando mi cabeza, purgando mi corazón y aportar mi granito de arena a nuestra relación, y al mundo. Y no meterme en ese fango del odio, del desprestigio y de la gente que dice lo que sea por sus 15 minutos de fama. Yo puedo vivir sin fama, pero no quiero vivir sin ti – confesé con mi corazón galopando en mi pecho desbocado.

- Pero me pierdes, tu solo te alejas de mí al dejarte envolver en esa inacción – replicó Dani con firmeza - no sé cómo explicártelo, es más, si te lo tengo que explicar no lo quiero. No quiero decirte qué hacer, no quiero decirte con quién tienes que hablar o no, o con quién deberías o no hacer un live, o que hacer en general. Quiero que tú lo hagas solo, que lo entiendas de una vez, que el lugar al que tenemos que ir, tenemos que hacerlo como pareja, y yo llevo muchas cosas en mi vida, me hago cargo de demasiadas cosas desde los 14 años que comencé a trabajar, no te das una idea, cuantas personas, cuantas obligaciones, cuantas responsabilidades pesan sobre mí, y precisamente nuestra relación no puede ser una más de esas. Me sobrepasa esta situación, yo solo quiero ser tu novia, pero no soy, ni quiero ser tu mamá, no te quiero llevar de la mano a lo que tienes que hacer, eso tienes que hacerlo solo. Ahí mismo te tienen que salir las garras, ese espartano que dices llevar dentro – dijo Dani mientras me traspasaba con una mirada tierna pero decidida que asomaba detrás del agua que seguir cayendo de sus ojitos.

- Pero mi espada la tengo siempre lista y dispuesta, bien afilada, yo no necesito que hagas nada por mí, mis luchas siempre han sido solo, me cuesta darles un formato de pareja, y además un formato de pareja que a ti te guste, que a ti te sirva, que a ti te aliviane y te haga sentir querida y amada en la medida que lo necesitas – le dije - y quizás para ti no sea nada, pero a mí también me caga que quieras seguir hablando con la gente que habló durante meses mierda de mí, y digo mierda, no mal, porque no era una cuestión de opinión, quien miente, inventa y tiene la intención de hacer daño es alguien que habla mierda, pues porque eso es lo que llevan dentro. Yo a ti te perdoné, pero a ellos no. Tu hiciste lo que hiciste en un contexto que puedo entender y aceptar, ellos lo hicieron por motivos muy distintos, sin las excusas o pretextos de la presión de estar dentro de la casa, o incluso ahí mismo inventando cosas de las que probablemente ellos si sean capaces. A ellos solo los ignoro. Y los quiero ahí donde están, totalmente fuera de mi vida, y eso no ocurre si tu les sigues hablando. Y no hablo de lo que pasó en el show, hablo de lo que hicieron fuera solo para seguir figurando, para tener algo que decir. Y tú me lo sigues echando en cara, me sigues atacando con eso. Ya no quiero tener más problemas por el show, y de alguna manera todo termina siempre ahí, con problemas que ni siquiera son nuestros, con problemas que adquirimos solamente por escoger un cuarto en vez del otro. Ahora vivimos en el mismo cuarto, en la misma cama, ahora te escojo a ti. Yo te escojo a ti, yo escojo no soltarte la mano.

Yo escojo no dejarte salir corriendo, yo escojo amarte – le dije tomándola de las manos.

- ¿De verdad crees que eso es suficiente? ¿qué el amor que tú me tienes es más grande que el odio que nos tienen? ¿que el miedo que tengo de que todo el mundo tenga razón sobre ti, sobre mí, sobre nosotros? – me dijo con lágrimas aun en sus tiernos ojos.

- No lo sé – tuve que admitir.

- ¿Y qué hacemos con el hecho de que no sé conciliar mi vida como mujer y como madre? porque obviamente mi hija es mi prioridad y mi responsabilidad y siento que, si estoy contigo la descuido a ella y viceversa, y estoy cansada de sentirme culpable, culpable de no poder ser la mujer que sé que soy, una mujer que puede con todo, y ahora no estoy pudiendo – me confesó.

- Es que no tienes que poder con todo sola, porque no estás sola, ya no. Me encantaría poder cargar con parte del peso de esa mochila, de luchar juntos, ser más que un equipo, ser una pareja alternando los turnos de liderar, de descansar, de luchar y llorar. No estás sola. No solo quiero comerte la boca, también quiero comer esos demonios que a veces te aquejan porque sé que tú espantas a los míos. Y quiero ser tan fuerte para ti como tú lo eres para mí. Me encanta la versión que soy cuando te tengo tomada de la mano, por eso no te quiero soltar – le dije aferrándome a sus manos como si la vida se me fuera en ello. No sé si de manera simbólica o física, pero no la quería soltar, no la podía soltar.

- Es que no es lo que tú quieras. Creo que es más difícil para los dos cuando estamos juntos. Creo que la mierda que vivimos es demasiado pesada y por mi hija tengo que ser mucho más fuerte que esto, y no puedo pensar solo en lo que quiero sino también en lo que debo – concluyó soltando sus manos de las mías.

Volví a tomarle las manos y con mi mejor acento argentino le dije - Me pediste más de una vez que no te soltara la mano. Como adentro del sum aquella vez, que te mirara a los ojos y que te dijera que todo va a estar bien y yo te prometo que va a estar bien, y te lo puedo prometer porque sé que vales tanto la pena que voy a hacer todo lo necesario para que lo esté, porque no te quiero perder, porque nos merecemos estar juntos, porque nos merecemos un final feliz y de la única manera que yo veo un final feliz, es que nuestra historia no tenga final, que nuestra historia la escribamos nosotros, no los prejuicios, no el odio, no el cuarto azul o el cuarto morado. Esta es la historia de Nacho y Daniela, Daniela y Nacho. Y en esta historia tú y yo somos los protagonistas, aquí la edición la hacemos nosotros. Esta es nuestra telenovela, nuestra vida, nuestro reality. Y también el de todas las personas que rieron, lloraron, se quedaron sin dormir, sin comer, hasta sin trabajar luchando por cada uno de nosotros, primero odiándonos, luego amándonos, apoyándonos por separado y luego, a partir de ese asado, de esa paella y del momento en que nuestros labios se juntaron por primera vez el 29 de julio, comenzaron a ser partícipes de esta historia. Acordate, el 6 de Julio me dijiste feliz cumpleaños con una palmada en el hombro. 23 días después no nos queríamos despegar el uno del otro. Y yo no te voy a soltar la mano cosita, ni aunque me lo pidas, no te voy a soltar la mano porque te amo, porque cada día que despierto te escojo como mi compañera, como mi amiga, como mi amante, mi confidente, mi todo. Mi amor, me tomó casi 10 semanas mirarte a los ojos por primera vez, y ya no quiero dejar de hacerlo. Escuchaste alguna vez esa frase que dice: Si te dan a elegir entre el mundo y el amor, ¿qué harías? Si escoges el mundo, te quedarás sin amor, pero si escoges el amor, con ese mismo amor puedes conquistar al mundo. Y yo quiero conquistar el mundo con el amor que siento por vos. Daniela, ¿aceptarías subir a la habitación del líder conmigo? Bueno, dicho de otra manera, ¿aceptarías seguir caminando a mi lado, escudos en alto, espada desenvainada, y gritando un au au au? Bueno quizás ese final fue demasiado, pero ¿Me permites el honor de seguir tomando tu mano? – le dije con una sonrisa que me brotaba de cada parte de mi ser, porque logré adivinar en esos ojos que adoraba una mirada de complicidad que era todo lo que necesitaba para sentir que teníamos un hermoso futuro por delante.

Dani se puso de pie, me besó con ternura, tomó nuevamente mis manos y dijo - mi dictador, ¿me permites seguir volviéndote loco, bueno, más loco de lo que estás? –

- Interesante – le dije sonriendo e invitándola a fundirnos en un abrazo. Mientras mi boca devoraba la suya sentí sus manos en mis nalgas. Me separé de ella y la miré.

Ella dijo - ¿ahora si, chuchu? -

- Ahora sí – dije, y temeroso de la respuesta que podría conseguir pregunté - ¿con cámara? -

- No, mi amor. Esta noche es solo para nosotros, espero que estas lágrimas que nos van brotando sirvan para limpiar todo eso que se nos ha ido pegando, todo eso que trata de corroer esto tan lindo que sentimos. Hoy yo te quiero solo para mí, no te quiero compartir con absolutamente nadie. Quiero que nos dejemos llevar y que este amor que sentimos el uno por el otro nos proteja de todos aquellos que insisten en meterse en un mundo que solo nos pertenece a los dos. Tu eres mi mundo, y yo quiero ser el tuyo. ¿Aceptas? -

- Acepto – dije sonriendo – ¿cerramos el trato con el mata hormigas? -

- Obvio – dijo Dani - jefa, digo, Alexa, nos apagas la luz.

Fin

Fotos

@mbphotographymiami

Mabel & Bryan

Vestido

@victoryjesse